小学生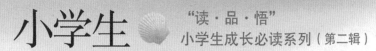

"读·品·悟"
小学生成长必读系列（第二辑）

学会正面思维的 100 个故事

总 主 编◎高长梅

本册主编◎贺清文

九州出版社
JIUZHOUPRESS 全国百佳图书出版单位

图书在版编目（CIP）数据

小学生学会正面思维的 100 个故事/贺清文主编. –北京：
九州出版社, 2008.11(2021.7 重印)

（"读·品·悟"小学生成长必读系列. 第 2 辑）

ISBN 978-7-80195-942-3

Ⅰ. 小... Ⅱ. 贺... Ⅲ. 故事—作品集—世界 Ⅳ. I14

中国版本图书馆 CIP 数据核字（2008）第 187607 号

小学生学会正面思维的 100 个故事

作　　者	高长梅 总主编　贺清文 本册主编
出版发行	九州出版社
地　　址	北京市西城区阜外大街甲 35 号（100037）
发行电话	(010)68992190/2/3/5/6
网　　址	www.jiuzhoupress.com
电子信箱	jiuzhou@jiuzhoupress.com
印　　刷	北京一鑫印务有限责任公司
开　　本	720 毫米×980 毫米　16 开
印　　张	10
字　　数	112 千字
版　　次	2009 年 1 月第 1 版
印　　次	2021 年 7 月第 3 次印刷
书　　号	ISBN 978-7-80195-942-3
定　　价	29.80 元

让思维转个弯

第1辑

商场里出售的玩具娃娃都很美丽，玩具商们为使自己的玩具娃娃更漂亮都煞费苦心。然而，有一位玩具商却想：满市场都是漂亮的娃娃，为何没有一种"丑娃娃"呢？于是，他大胆地设计并生产了一种"丑娃娃"布绒玩具。结果一上市竟然格外畅销，而且购买者多是国外游客。

让思维转个弯，人生就会更精彩，玉米可以变黄金，烂铁也能变珠宝，而人生的奇迹正等着你去创造。

永不放弃你的希望

第2辑

一个人在沙漠里迷了路，他就剩下了半瓶水，整整五天，他一直没舍得喝一口。后来，他终于走出了大沙漠。有人问他："你五天里都没有喝一口水吗？""没有。""为什么呢？""希望，这样我就还有活着走出沙漠的希望。"是啊，如果他当天就喝完这半瓶水，他还能走出大沙漠吗？

希望就是力量，一个人即使一无所有，只要有希望，他就可能拥有一切。永不放弃自己的希望，即使它有些遥不可及，即使有各种各样的困难与坎坷，但只要坚持，就有可能实现。

第3辑　美丽看世界

罗纳尔多是足球场上的英雄，但一开始他的表现并不出色。妨碍他表现的，就是他的龅牙。他认为自己的龅牙很不好看，所以常常紧闭着嘴唇。直到一个细心的教练发现了这一点，并对他说："要想让人们忘记你的龅牙，最好的办法不是闭上嘴，而是发挥你精湛的球技。"不再掩饰自己龅牙的罗纳尔多球技大进，17 岁就进入了巴西国家队，并同队员们一起赢得了世界杯。

每个人或许都有着自己的"龅牙"，但只要你用美丽的眼光来看待自己，你就会发现自己的优点，并最大限度地把它发挥出来。用积极的眼光看世界，世界就是美丽的。

第4辑

选择你最需要的

美国前总统里根小时候想做一双鞋。鞋匠问他:"你想要方头鞋还是圆头鞋?"里根不知道该选择哪种鞋,于是,鞋匠叫他考虑清楚后再来告诉他。几天后,里根仍然举棋不定。最后鞋匠对他说:"好吧,我知道该怎么做了。"结果取鞋的时候,里根发现鞋匠给自己做的鞋一只是方头的,一只是圆头的。里根感到很纳闷,鞋匠回答说:"等了你几天,你都拿不定主意,当然由我来决定啦。这是给你一个教训,不要让别人来替你作决定。"

人生需要选择。如果你希望获得成功,那么就应在任何时候都选择你最需要的东西,做你最需要做的事情。

第5辑 你尽最大努力了吗

卡特从海军学院毕业后,对里·科费将军十分得意地谈起自己的成绩:"在全校820名毕业生中,我名列第58名。"听后,将军反问道:"你为什么不是第一名?你尽自己最大努力了吗?"这句话使卡特惊愕不已,但他却牢牢地记住了这句话,以此激励自己尽最大努力做好每一件事。最后,他成了美国第39任总统!

付出多少,你便会收获多少。因此,不要埋怨生活不公平,你尽了最大努力,生活就会给你最丰厚的回报!

第6辑 关照别人就是关照自己

有一天,因为下雨,沃尔逊小镇镇长门前花圃旁的小路变得泥泞不堪,于是行人就从花圃里穿行,把花圃弄得一片狼藉。镇长见状便挑着一担炉渣铺在了泥泞里,结果,再也没人从花圃里穿过了。镇长笑着对旁人说:"你看,关照别人就是关照自己,有什么不好?"

关照别人,需要的只是一点点的理解与大度,却能为你赢来意想不到的收获。关照别人,就是关照自己的最好的方式之一,也是一条通向成功的最好的路。

春天的早晨，
怎样的可爱呢？
融洽的风，
飘扬的衣袖，
静悄的心情。

——冰　心

第**1**辑

让思维转个弯

商场里出售的玩具娃娃都很美丽，
玩具商们为使自己的玩具娃娃更漂亮都煞费苦心。
然而，有一位玩具商却想：
满市场都是漂亮的娃娃，为何没有一种"丑娃娃"呢？
于是，他大胆地设计并生产了一种"丑娃娃"布绒玩具。
结果一上市竟然格外畅销，
而且购买者多是国外游客。
让思维转个弯，人生就会更精彩，
玉米可以变黄金，烂铁也能变珠宝，
而人生的奇迹正等着你去创造。

把玉米变成黄金

这个农民依靠智慧的魔法，把普通的玉米变成了"黄金"。

考泽是美国艾奥瓦州的农民，和美国西部其他农民一样，考泽主要以种植玉米为主。虽然美国是发达国家，但种田的农民也是很艰辛的。为了有个好收成，考泽要像照顾孩子一样伺候自己的庄稼，年复一年，他在田间风里来雨里去，常常是落得一身泥巴点，累得佝了腰，生活却没有什么变化。

种玉米，卖玉米，再种玉米，再卖玉米。几十年来，考泽一直在农田里重复着这个周而复始的轮回。在每年秋收时，考泽总会出神地看着那些堆积如山的玉米，那时，他常常幻想着这些金色的玉米会变成金灿灿的黄金。

玉米作为一种普通的粮食，它的价格是最低廉的，这是小孩子都知道的，但考泽却不这样认为。他在那些玉米中捕捉着灵感，寻找着希望。他相信，那些玉米粒中一定潜藏着人们未发现的价值，如果改变了玉米的命运，就会改变自己的命运。

考泽开始查阅有关玉米的各种资料。有一天，考泽在互联网上看到一则消息：德国和日本生产出了燃烧乙醇的汽车。他立刻把这条消息和玉米联系在了一起，当时，人们意识中的玉米只是一种粮食，没有人想到蕴藏在玉米中的乙醇是可再生的能源。但考泽却产生了用玉米来加工乙醇的念头。考泽还了解到,石油资源的逐年减少,导致国际原油价格逐年上涨,这使各国对能源的争夺越来越激烈,人类迫切需要一种新的能源,来替代那些日益缺少的不可再生的能源。用玉米加工出乙醇将会是一种新的能源获得方式。

新的发现让考泽兴奋不已,他找到周围的农民,希望他们能和自己一道来实现这一梦想。但是,很多农民听了之后都认为不可行,因为他们认为玉米里根本不可能含有汽车燃料。考泽后来找到了一家科研机构商谈合作事宜,机构的负责人对考泽的想法很感兴趣。于是,他们和考泽共同成立了林肯威能源公司。2006年5月,林肯威能源公司开始利用玉米生产乙醇汽油。玉米脱胎换骨为乙醇汽油后,其附加值开始成倍增长,考泽那个玉米变黄金的愿望终于成为现实。

乙醇既可以减少温室气体的排放,又可减少美国对外国石油的依赖,所以,玉米提炼乙醇将成为解决美国能源饥渴的新的办法之一。凭着这种创新,农民考泽成为美国《时代》杂志评出的2006年年度最具影响力的人物之一。

《时代》杂志对他的评价是:这个农民依靠智慧的魔法,把普通的玉米变成了"黄金"。

✽ 感　动

🌸 思维小语 🌸

思考和付出决定明天的收获。只一味地埋头苦干的人,只能重复别人走过的路;善于思考的人则不满足于现状,勤于动脑,挖掘和创造事物的深层价值。时刻渴望改变创新,为自己获取更大的财富,为人生找到更好的出路。

(王倩)

瓶瓶罐罐与木桶

这个世界处处有哲学,瓶里有歌,罐里有歌,桶里也有歌。

一

如果花瓶碎了,怎么办? 大多数人的做法是,把碎片扔掉! 大家都一扔了事,干脆利索,全然不曾思考与之有关的规律。

那么,这里头有规律吗? 有。这就是,将碎片按大小排列并称过重量后即可发现:10~100 克的最少,1~10 克的稍多,0.1~1 克的和 0.1 克以下的最多! 尤其有趣的是,这些碎片的重量之间有着严整的倍数关系,即:最大碎片与次大碎片的重量比为 16∶1,次大碎片与中等碎片的重量比是 16∶1,中等碎片与较小碎片的重量比是 16∶1,较小碎片与最小碎片的重量比也是 16∶1。于是,发现这一倍比关系的人便将此规律用于考古或天体研究,从而由已知文物、陨石的残肢碎片推测它的原状,并迅速恢复它们的原貌!

这位极善思考的聪明人,就是丹麦科学家雅各布·博尔!

可是,我们做到了吗? 没有。打碎瓶子的经历,我们肯定有过,可是,当包含其间的规律从我们的身边淘气地溜走时,我们拥抱过它吗?

没有! 就因为迟钝!

如此看来,花瓶碎了并不可怕,可怕的是:千万别一不留神,把我们的聪明打碎了!

二

烦恼肯定是一种邪恶。它败坏着人的情绪,影响着人的健康,在人的生活中投下一个深深的阴影。

及时走出这个阴影,不仅必要,而且必须。

《资治通鉴》中有一个这样的故事:汉灵帝时,太原孟敏出行,途中不慎失手打碎瓦甑(瓦罐),他掉头不顾,径直前行,名士郭泰奇之,问其故,他答曰:"瓦甑已破,不复能用,顾之何益?"

请注意,打碎了瓦罐,的确是件让人烦恼的事,但故事中的孟敏却偏偏"掉头不顾,径直前行",这说明他特别聪明特别理智。原因是,他极善于权衡利弊,深知悲悲切切远不如轻装前进,这才不再计较已有的损失,而是干脆利索,只管向前!从而也就给了我们一个重要的启发:在前进的征程中,我们也应该学会权衡利弊,并认定豁达开通远胜于苦恼烦闷——正如那孟敏,如果打碎瓦甑后便自怨自艾,便可怜兮兮,哭哭啼啼做黛玉葬花状,他能径直前行吗?

换言之,既然烦恼极像那只"打碎了的破瓦甑",毫无用处,凭什么不扔掉它!

三

有位奥地利医生叫奥斯·布鲁格,他父亲是个卖酒的,为了判明高大的酒桶里还有没有酒,这位父亲经常用手在桶外头敲敲,然后由声音判定桶里还有多少酒,或是满桶还是空桶。父亲的这一做法启发了他，他便由此推论，人的胸腔腹腔不也像只桶吗？既然父亲敲敲酒桶能知道酒的多少，那么，医生敲敲病人的胸腔腹腔并细心听听，不就可以由声音判明他的病情了吗？于是细细钻研，认真总结，终于发明了著名的诊病方法——叩诊。

有人更聪明，由木桶而提出了著名的"木桶理论"，即：一只木桶盛水的多少，并不取决于桶壁上最高的那块木板，而恰恰取决于桶壁上最短的那块木板。只有桶壁上的所有木板都足够高，那木桶才能盛满水，反之，只要有一块不够高度，木桶里的水就不可能是满的！怪不得人们常常大声疾呼要补缺补差抓落后环节，原来其意盖出于此。

更有趣的是关于木桶的诸多提法。

比如，想知道一个人的水平究竟如何吗？像观察木桶似的研究研究他吧，这将有助于找到他最短的"那块木板"！像敲敲桶似的敲敲他吧！你会由此发现他的水平境界究竟如何？正所谓"满桶不响，半桶晃荡"。这"响"与"晃荡"，不就是对一个人的评价吗？

如此看来，这个世界处处有哲学，瓶里有歌，罐里有歌，桶里也有歌。

❋ 张玉庭

🌸 思维小语 🌸

一朵花，一般的人用来观赏，香水师拿来炼制香水，生物学家拿来研究植物，画家拿来临摹……不同的思考角度赋予了花不同的价值，关键在于你怎么想。其实生活中哪怕再细小平凡的小事，善于思考的人总能从中得到伟大的发现，并因此成为杰出的人。　　（王倩）

你的脚边有钻石

机遇就在你的脚边，正确地讲，是在你的心里。

印度流传着一位生活殷实的农夫阿利·哈费特的故事。

一天，一位老僧拜访阿利·哈费特，这么说道：

"倘若你能得到拇指大的钻石，就能买下附近全部的土地；倘若能得到钻石矿，以其富有的威力，甚至还能够让自己的儿子坐上王位。"

钻石的价值深深地印在了阿利·哈费特的心里，从此，他对什么都感到不满足了。

那天晚上，他彻夜未眠。第二天一早，他便叫起那位僧侣，请他指教在哪里能够找到钻石。僧侣想打消他那些念头，但无奈阿利·哈费特已听不进去，执迷不悟，仍死皮赖脸地缠着他，最后他只好告诉他："你去很高很高的山里寻找淌着白沙的河。倘若能够找到，那白沙里一定埋着钻石。"

于是，阿利·哈费特变卖了自己所有的地产，把家人寄放在街坊家里，自己出门去寻找钻石。他走啊走，始终没有找到要找的宝藏。他终于失望了，在西班牙尽头的大海边投海自杀了。

可是，这故事并没有结束，可以说还只是刚刚开始。

一天，买下阿利·哈费特的房子的人，把骆驼牵进后院，想让骆驼喝水。后院里有条小河，骆驼把鼻子凑到河里时，那人发现河沙中有块发着奇光的东西。他立即挖出那块闪闪发光的石头，把那块珍奇的石头带回家，放在炉架上。

不多会儿，那位老僧又来拜访这户人家。老僧走进门就发现炉架上那块闪着光的石头，不由奔跑上前。

"这是钻石！"他惊奇地嚷道，"阿利·哈费特回来了！"

"不！阿利·哈费特还没有回来。这块石头是在后院小河里发现的呀。"向阿利·哈费特买房的人这样答道。

"不！你在骗我！"僧侣不相信，"我一走进这房间，就知道这是钻石啊。别看我有些念念叨叨，但我还是认得出这是块真正的钻石！"

于是，两人跑出房间，到那条小河边挖掘起来，接着便露出了比第一块更光泽的石头，而且以后他们又从这块土地上挖掘出了更多的钻石。献给维多利亚女王的有名的钻石也是出自这里，净重达 100 克拉。如果阿利·哈费特不离开家，挖掘自家的后院或麦田，这埋有钻石的土地自然就是他所拥有了。

事实不正是如此吗？在生活中我们常常会舍近求远，到别处去寻找自己身边已有的东西。而往往，机遇就在你的脚边，正确地讲，是在你的心里。

那是由掌握蕴藏着巨大潜力的内心——你的思考方式带来的。

思维小语

不同的思考方式决定不同的行动方向，不同的心态决定不同的人生。机遇常常站在人的旁边，但是人却望着远方幻想机遇的所在，因此往往和机遇擦肩而过。与其舍近求远，不如先从自己身边的东西下手，以良好的心态、积极的思维方式和有效率的行动去把握任何可能打开成功大门的钥匙。

（王 倩）

让思维转个弯

> 让思维转个弯，让思路变个道，一念之差，一步之遥，常常柳暗花明，曲径通幽，从而化解不少灾害，解决不少问题。

看了两则关于水葫芦的新动态，让笔者忍不住又要"有感而发"一下。

浙江省奉化市有位汪姓养鹅专业户，在他看来，水葫芦是大白鹅最好的饲料，简直就是宝葫芦，他家养的几千只白鹅吃的就是这个玩意儿。他养出的鹅，肉质鲜美，上市后供不应求，比吃其他饲料的鹅，每斤鹅肉的价格还高出 0.5 元，成本低、收效好，可谓一举多得。据说当地的不少专业户都在争相仿效。

无独有偶。在浙江省海宁市同仁发电站，水葫芦也摇身一变，成为一种用来发电的辅料。这让联合国粮农组织技术官员大为惊讶，这些官员实地考察之后，当即表示要在发展中国家大力推广这种水葫芦综合技术治理。

我为这种"脑筋开窍，废物变宝"的做法啧啧称奇，此种"化腐朽为神奇"的创新让人遐思良多。

水葫芦是上个世纪 60 年代从国外引进的一种饲料，当时曾作出过很大的贡献，如今却成了一灾——阻断航道，破坏航道生态环境，为血吸虫和脑炎流感等病菌提供滋生地，破坏饮用水资源，繁殖速度快，大有野火烧不尽之势。就是这样一种让人头痛的植物，眼下却可以变废为宝，再立功劳，这是让不少人喜出望外的事。

有害的生物，在人们合理运用之下，"脱胎换骨，变废为宝"，是十分可喜的事情。其实，自然界许多看似有害的生物，经人类智慧的魔杖点击，往往就能化腐朽为神奇。蝎子有毒，浙江绍兴却有不少农民靠这爬虫发家致富；眼镜蛇咬人，我国不少地方的养蛇专业户提取蛇毒，收获"黄金"；诸如"一枝黄花"和"大米草"这些植物泛滥开来，致使"我花开后百花杀"，造成许多树木花草和鱼虾贝类死亡，科技工作者却用它们作为浆料造纸，作为原料提取植物油，作为木质材料的替代品。

"脑瓜开了窍，到处都见宝。"所有这些告诉我们，在灾害、困难、矛盾、危机面前，让思维转个弯，让思路变个道，一念之差，一步之遥，常常柳暗花明，曲径通幽，从而化解不少灾害，解决不少问题。如果总是用一成不变的思维看待问题，以陈旧的眼光看待事物，甚至把问题看死，头撞南墙不回头，一条道走到底，往往就跳不出框框，迈不开新步。

行文至此，刚好又看到一则野猪一口咬出千万富翁的新闻。一个浙江人下岗了，到皖南地区种草莓，损失惨重，一天在林中又不幸被野猪咬了。伤愈后，有人请他吃饭，点了个野猪肉，还开玩笑：野猪咬你，我们吃它。他忽然灵机一动，能不能用野猪和家猪杂交一种新型猪呢？经过3年努力，他成功了，成了千万富翁。这位浙江人的成功，就在于思路一新，找到了财路。

一种生物历经千万年的进化，总有其固定的生物链条，有其存在的合理性。关键在于，我们应尊重科学规律和自然规律，在改造资源、节约能源的实践中，善于用脑，开阔眼界并合理地加以利用。事实证明，干工作、谋发展、破难题、思进取，换个思路是多么重要。这样，我们就能一破"抱瓮区区老此身"的陈旧观念和过时模式，怀揣一根理性清醒和思维放达的标尺，弃旧图新，锐意创造，去收获踏平坎坷的种种甘甜。

＊ 朱国良

🌸 思维小语 🌸

受到惯性思维影响的人，他的思维方式都是已经固定的，很难有创新和发展。只有学会打破常规思维，尝试从不同的角度去看待事物，才能从好的东西中发现不足，从不好的东西中发现有用的地方。也唯有创新思维，我们才能在学习中有所突破。　　（王　倩）

一个低智商的园艺家

终有一天，你会发现自己的特长。到那时，你就叫你爸爸妈妈骄傲了。

少年琼尼·马汶的爸爸是木匠，妈妈是家庭主妇。这对夫妇节衣缩食，一点一点地在存钱，因为他们准备送儿子上大学。

马汶读高中二年级时，一天，学校聘请的一位心理学家把这个 16 岁的少年叫到办公室，对他说：

"琼尼,我看过了你各学科的成绩和各项体格检查,对于你各方面的情况我都仔细研究过了。

"我一直很用功的。"马汶插嘴道。

"问题就在这里,"心理学家说,"你一直很用功,但进步不大。高中的课程看来你有点力不从心,再学下去,恐怕你就浪费时间了。"

孩子用双手捂住了脸:"那样我爸爸妈妈会难过的。他们一直希望我上大学。"

心理学家用一只手抚摸着孩子的肩膀。"人们的才能各不相同,琼尼,"心理学家说,"工程师不识简谱,或者画家背不全九九表,这都是可能的。但每个人都有特长,你也不例外。终有一天,你会发现自己的特长。到那时,你就会让你的爸爸妈妈骄傲了。"

马汶从此再没去上学。

那时城里活计难找。马汶替人整建园圃,修剪花草。因为勤勉,很是忙碌。不久,顾主们开始注意到这小伙子的手艺,他们称他为"绿拇指"——因为经过他修剪的花草无不出奇的繁茂美丽。他常常替人出主意,帮助人们把门前那点有限的空隙因地制宜地精心装点;他对颜色的搭配更是行家,经他布设的

花圃无不令人赏心悦目。

也许这就是机遇或机缘：一天，他凑巧进城，又凑巧来到市政厅后面，更凑巧的是一位市政参议员就在他眼前不远处。马汶注意到有一块污泥浊水、满是垃圾的场地，便上前向参议员鲁莽地问道："先生，你是否能答应我把这个垃圾场改为花园？"

"市政厅缺这笔钱。"参议员说。

"我不要钱，"马汶说，"只要允许我办就行。"

参议员大为惊异，他从政以来，还不曾碰到过哪个人办事不要钱呢！他把这孩子带进了办公室。

马汶步出市政厅大门时，满面春风：他有权清理这块被长期搁置的垃圾场地了。

当天下午，他拿了几样工具，带上种子、肥料来到目的地。一位热心的朋友给他送来一些树苗；一些相熟的顾主请他到自己的花圃剪用玫瑰插枝；有的则提供篱笆用料。消息传到本城一家最大的家具厂，厂主立刻表示要免费承做公园里的条椅。

不久，这块泥泞的污秽场地就变成了一个美丽的公园，绿茸茸的草坪，清幽幽的小径，人们在条椅上坐下来还听到鸟儿在唱歌——因为马汶也没有忘记给它们安家。全城的人都在谈论，说一个年轻人办了一件了不起的事。这个小小的公园又是一个生动的展览橱窗，人们通过它看到了琼尼·马汶的才干，一致公认他是一个天生的风景园艺家。

这已经是 25 年前的事了。如今的琼尼·马汶已经是全国知名的风景园艺家。

不错，马汶至今没学会说法国话，也不懂拉丁文，微积分对他更是个未知数。但色彩和园艺是他的特长。他使渐已年迈的双亲感到了骄傲，这不光是因为他在事业上取得的成就，而且因为他能把人们的住处弄得无比舒适、漂亮——他工作到哪里，就把美带到哪里！

※ 黄 晓

思维小语

你不懂什么叫微积分，但是你写的诗动人心魄；你不会弹琴跳舞，但你的歌喉堪比黄莺；你不太会与人打交道，但你有一颗善良美丽的心……人的特长各有不同，百花齐放，才能组成一个和谐圆满的世界。发掘自己的优点并把它放大，你也一样能够拥有自信、成功的人生。

（王 倩）

在空地上种上草

每一个走在这些道路上的人都说：这几条路，是比大楼更伟大的杰作。

一位著名的建筑师为某单位设计建造了一组现代化的办公大楼。这是三幢建设在一大片空地上遥遥相望的漂亮的大楼，建筑师超人的艺术素养得到了淋漓尽致的体现。大楼轮廓初具的时候，看到的人都已经赞不绝口了。

工程快竣工时，工人们问他："三幢大楼之间的人行道如何铺设？"

"在大楼之间的空地上全种上草。"建筑师回答。

大楼主人和工人们都感到纳闷，但这是著名的建筑师的话，他们不好反对，就在这些空地上全种上了草。

一个夏天过后，在三幢大楼之间，和三幢大楼通往外面的草地上，已经被来来往往的行人踩出了若干条小路。这些小路有些因为走的人多，就宽些，有些因为走的人少，就窄一些，但他们蜿蜒伸展，错落有致，就像是几条树林间的小道。到了秋天，建筑师又带着工人们来了，他让工人们沿着人们踩出的路痕铺就了大楼之间和通向外面的人行道。然后在道路两旁种上了树木和花草。

每一个走在这些道路上的人都说：这几条路，是比大楼更伟大的杰作。

✿ 胡　光

✿ 思维小语 ✿

一些原本难以解决的问题，换一个角度去想，就能迎刃而解。让行人选择路线比铺好路后让行人走更加科学、巧妙、人性化。这种善于换位思考的思维方式，是一种智慧的表现。在学习中尤其要学会换位思考，结合不同的方法，从多个角度切入问题的要点处，你会发现，难题原来如此简单。

（王　倩）

逆向思维

满市场都是漂亮娃娃,为何没有一种"丑娃娃"呢?

某市一名时装店经理在吸烟时不小心将两条高档裙子烧了一个小洞,使该裙子无人问津。按通常的做法,请一名高超的缝补工把洞补上就可以使之蒙混过关。但该经理却反其道而行之,在小洞的周围又挖了许多洞,并精心饰以金边,为其取名"凤尾裙"。此后,该裙子不仅卖出了个高价,而且消息一传开,还有不少女士专门前来购买"凤尾裙",生意异常红火。

按惯例,在商场柜台出售的玩具娃娃都很美丽,玩具商们为使自己的玩具娃娃更漂亮都煞费苦心。然而却有一玩具商从反面来思考:满市场都是漂亮娃娃,为何没有一种"丑娃娃"呢?于是他大胆地生产出一种"丑娃娃"的布绒玩具,谁知一上市竟然格外畅销,而且购买者多是国外游客。

思维小语

很多时候,常规性的思考或者惯性思维不但不能解决问题,反而使问题更为复杂,花费了更多的时间和精力。在学习或生活上遇到难题无法解决时,不妨倒过来思考,运用逆向思维,从全新的角度去寻求解答,答案也许就在转念间浮现。　　(王倩)

给心插上翅膀

> 踏踏实实走好现在的每一步，享受现在点点滴滴的美好，岂不是给心插上了翅膀，重获自由了吗？

早在上大学的时候就读过古希腊大力士西西弗的故事：他因触怒了神祇（qí），被罚以一项苦役，将一块巨石从奥林帕斯山下推到山上；但由于诅咒的力量，巨石抵达山顶的刹那，就会自动落到山底。他走下山，再次向上推，周而复始，没有尽头。这就是他的命运。

我至今还能记起读到这个故事时的悲怆感。那时大学即将毕业，前途未卜，对生活的感觉就像被诅咒的巨石一般，不推，会被石头压垮；推，何处是尽头？毕业晚会上，我曾将这个故事讲给全班同学听，并悲壮地与他们共勉：推！只要生命在，就努力地，永无止境地推，绝不让它压垮。

转眼间，毕业十几年了。十几年的跋涉中，感觉自己就像西西弗，日日推那愈滚愈大愈沉重的石头，有时候感觉很悲凉，不禁仰问苍天："我犯何戒律？竟受此惩罚？"神无言，我只能抱怨着，咬着牙，推那"巨石"。

前几日，乱翻书时又看到了这个故事，也读到了一个让我释怀的结局。一天，西西弗在搬运巨石的途中，忽然觉得自己搬动巨石的每一个动作都那么美。他专注地观察自己全力以赴的每一刻，感觉都具有独一无二的尊贵感。这时，所有的劳苦、疲惫、绝望忽然消失了，他开始全身心享受这份美感，不再抱怨，奇妙发生了，诅咒竟在这一刹那解除，巨石不再滚下，西西弗从永无止境的苦役中重获了自由。

读到这里，我如醍醐灌顶：原来是我们自己诅咒了自己，我们给自己加重了惩罚。细细想来，如果无论在怎样的环境下，什么样的位置上，怎样的生活中，我们总是心怀不满，情生抱怨，并且总是不情愿地裹在生活的欲流中走着，那我们就会在不知不觉中为自己套上枷锁，等于是自设诅咒啊！

生活无处不苦，但倘若能放下与苦对峙的念头，在苦里安心，视劳苦为美、为创造、为尊贵，踏踏实实走好现在的每一步，享受现在点点滴滴的美好，岂不是给心插上了翅膀，重获自由了吗？

如今，我真想握住西西弗的手，对他说：谢谢。

❋ 王瑞春

🌸 思维小语 🌸

西西弗的石头本是恶毒的诅咒，却在西西弗开始懂得欣赏这份诅咒时化为乌有，这是怎样一种智慧的较量！和命运搏击时，无论处于怎么恶劣的境地，都应该学会安享，安享那份忙碌的充实，安享那份竞争中存在的希望。

（王倩）

有多少奇迹在等待着你

同样的种子,不同的想法,导致了完全两样的结局。

两颗相同的种子一起被抛到了地里。

一颗这么想:我得把根扎进泥土,努力地往上长,要走过春夏秋冬,要看到更美丽的风景……于是,它努力地向上生长。

在又一个金黄的秋天,它变成了很多粒成熟的种子。

另一颗却这样想:我若是向上长,可能碰到坚硬的岩石;我若是向下扎根,可能会伤着自己脆弱的神经;我若长出幼芽,可能会被蜗牛吃掉;若开花结果,可能被小孩连根拔起,还是躺在这里舒服、安全。于是,它瑟缩在土里。有一天,一只觅食的公鸡过来,三啄两啄,便将它啄到肚子里去了。

🌸 思维小语 🌸

同样的种子,不同的想法,导致了完全两样的结局。我们在生活中又何尝不是如此? 有时候我们能否取得好成绩,获得成功,关键就在于我们的思维。如果我们能积极面对,相信自己能够成功,并为之去努力,就一定会梦想成真。反之,消极地对待只能令人一无所获。

(王倩)

花儿努力地开

你该欣喜地度过每一天,还是痛苦地挨过每一日,可全在于你自己了。

有一个人想学医,可是又犹豫不决,就去问他的一个朋友:"再过4年,我就44岁了,能行吗?"

朋友对他说:"怎么不行呢?你不学医,再过4年也是44岁啊!"他想了想,瞬间领悟了,第二天就去学校报了名。

我的一个朋友,几年前跟人合伙做生意,运货的船突遇风浪翻了,他们所有的财产和梦想也随之坠入了海底。他经不起这个打击,从此变得萎靡不振,神思恍惚。

当他看到另一个跟他一起遭遇变故的人居然活得有滋有味时,就去问他。那人对他说:"你咒骂,你伤心,日子一天天地过去;你快活,你欢乐,日子也一天天地过去,你选择哪一种呢?"

人就是这样,当你以一种豁达、乐观向上的心态构筑未来时,跟前就会呈现一片光明;反之,当你将思维囿于忧伤的樊笼里,未来就变得暗淡无光了。长此下去,你不仅会将最起码的信念和拼搏的勇气泯灭,还会将身边那些最近最真的欢乐失去。

对每一个人来说,那些如空气一样充塞在身边的欢乐才是最重要的,它组成我们生命之链上最真实可靠的环节,你一节一节地让它脱落了,欢笑怎么能向下延续呢?

有一首诗这样写道:"你知道,你爱惜,花儿努力地开;你不知,你厌恶,花儿努力地开。"是的,花儿总是在努力地开,美好的日子也一天天地在流逝,你该欣喜地度过每一天,还是痛苦地挨过每一日,可全在于你自己了。

❀ 邹扶澜

🌸思维小语🌸

不管你是不是在意,不管你是不是怜惜,花儿都在默默开放,南瓜都在默默生长……它们不会因为不如意就自怨自艾,它们懂得享受生命的阳光雨露,努力开出自己的芬芳,钻出自己的土壤,寻找自己的方向……做一朵默默开放的花,默默生长的南瓜,延续快乐的同时给我们一个全新的自我。

(王 倩)

烂铁与珠宝

性格决定命运,想法决定生活。

一对年过六旬的夫妇,在退休后,为了屋子问题产生分歧而大吵特吵。

妻子要大肆装修年代久远的老屋，而丈夫执意不肯。丈夫忧虑地说："我们已年过半百了，大兴土木，劳民伤财，最多也只能住上那么区区一二十年，何苦呢？"

妻子意气高昂地反驳："正因为我们只剩下那么区区一二十年，我才要把屋子弄得漂漂亮亮的，让日子过得舒舒服服！"

他们的对话使我想起了曾在《读者文摘》上读及的两句话：

"悲观者提醒我们百合花属于洋葱科，乐观者则认为洋葱属于百合科。"

当你"自我践踏"地把日子看成是破铜烂铁时，你的日子，也将是锈迹斑斑，残残缺缺的；但是，当你"珍而重之"地把岁月视为金银珠宝时，那么，你所拥有的每个日子，都是金光灿烂的、圆圆满满的。

像上述那对夫妇，对于人生，便有着截然不同的看法。丈夫将晚年看成是残余的岁月，随便凑合着过，没有目标，没有憧憬，有的，只是消极地等待——等那个永远的约会悄悄来临。然而，妻子呢，却把黄昏岁月看做是人生另一阶段的开始，她要充分地利用、尽情地享受；可以预见的是：她的日子，将是熠熠生辉的——夕阳无限好，黄昏又何妨。

实际上，我们内在的思维，往往能够左右我们的实际生活。

✽ ［新加坡］尤　今

🌹 思维小语 🌹

当你悲观地对待生活时，生活也会对你苦着一张脸，不愿留下任何幸福的片段；当你满怀着喜悦和激情去憧憬生活时，生活会对你甜甜地笑，会把无数幸运的星星放在你的周遭……对着生活甜甜地笑吧，你会得到同样的回报。

（王　倩）

不要为小事烦恼

我对自己发誓，如果我还有机会再看到太阳和星星的话，我永远不会再为这些小事忧愁了！

这是一名美国青年罗勃·摩尔讲述的故事：

1945 年 3 月，我在中南半岛附近约 84 米深的海下潜水艇里，学到了一生中最重要的一课。

当时我们从雷达上发现了一支日本军舰队朝我们开来，我们发射了几枚鱼雷，但没有击中其中任何一艘军舰。这个时候，日军发现了我们，一艘布雷舰直向我们开来。3 分钟后，天崩地裂，6 枚深水炸弹在潜水艇四周炸开，把我们直压到海底约 84 米深的地方。深水炸弹不停地投下，整整持续了 15 个小时。其中，有十几枚炸弹就在离我们 15 米左右的地方爆炸。真危险呀！倘若再近一点的话，潜艇就会被炸出一个洞来。

我们奉命静躺在自己的床上，保持镇定。我吓得不知如何呼吸，我不停地对自己说：这下死定了……潜水艇内的温度高达摄氏 40 度，可我却怕得全身发冷，一阵阵地冒虚汗。15 个小时后，攻击停止了，显然是那艘布雷舰用光了所有的炸弹后开走了。

这 15 个小时，我感觉好像有 1500 万年。我过去的生活一一浮现在眼前，那些曾经让我烦忧过的无聊小事更是记得特别清晰——没钱买房子，没钱买汽车，没钱给妻子买好衣服，还有为了点芝麻小事和妻子吵架，还为额头上一个小疤发过愁……

可是，这些令人发愁的事，在深水炸弹威胁生命时，显得那么荒谬、渺小。我对自己发誓，如果我还有机会再看到太阳和星星的话，我永远不会再为这些小事忧愁了！

这是经过大灾大难才悟出的人生箴言！

在美国科罗拉多州长山的山坡上，有一棵大树，岁月不曾使它枯萎，闪电不曾将它击倒，狂风暴雨不曾将它动摇，但最后它却被一群小甲虫的持续咬噬给毁掉了。人们有时不会被大石头绊倒，却会因小石子而摔倒。

人生短暂，记住不要浪费时间去为小事而烦恼。

❋ 费　霞

🌹思维小语🌹

在生死存亡的紧要关头，人们才发现，平日那些让人愁眉不展的事情原来只是一些鸡毛蒜皮的小事。和朋友分别时，才知道友情的珍重，那些平日的不快也随之烟消云散。的确如此，生命中有太多不值得计较的琐事，何苦如此去浪费短暂的生命呢？

（王　倩）

四 面 八 方

一切都在变化,在四面之外,尚有八方。

人做出选择的时候,常把结论提前做出来,选其一。

这有可能是错误的开始。

给变化中的事情做一个结论,或许禁不住推敲。就像在医院的婴儿室,看不出婴儿未来的相貌特征,更判断不出他以后会怎么样。结论永远在时间手里,而不是在人的手里。

把结论分成对立的两种:非好即坏、水火不容,是导致判断失误的根源。事情的结果可能有几种,甚至几十种以上的发展方向。怎么会是两种呢? 为什么非要二选其一呢?

二选一,是一种社会的习惯,以及方便的习惯,并不缜密。人们在学校做二选一的训练,在填表时也要二选一。这是归纳或规范,并不是生活本身。

"十字路口"这个词,常常是用来吓唬人的,仿佛一失足成千古恨。在人的生活中,不仅有十字路口,还有米字路口、交叉循环路口,不一定非东即西、非南即北。

佛经有一个" "字图案耐人寻味。从方向度说,它指东南西北,也指东南、西南、东北、西北,所谓四面八方。同时,它是轮,表示转动。

一切都在变化,在四面之外,尚有八方。因此,是与非、对与错、进与退、得与失这种判断,常常是不准确的。

❋ 鲍尔吉·原野

思维小语

在做重要决定的时候,应该多想一些可能性。四面八方之间,可能有太多的遗憾来自我们的武断。记住生命的多样性,多种可能性;记住我们的未来由无数未知组成。面对选择,要开动大脑,积极思维,慎重取舍,在取舍间实现自己的梦想。

（王　倩）

第2辑

永不放弃你的希望

一个人在沙漠里迷了路,他就剩下了半瓶水,整整五天,他一直没舍得喝一口。后来,他终于走出了大沙漠。

有人问他:"你五天里都没有喝一口水吗?"

"没有。""为什么呢?"

"希望,这样我就还有活着走出沙漠的希望。"

是啊,如果他当天就喝完这半瓶水,他还能走出大沙漠吗?

希望就是力量,一个人即使一无所有,只要有希望,他就可能拥有一切。永不放弃自己的希望,即使它有些遥不可及,即使有各种各样的困难与坎坷,但只要坚持,就有可能实现。

永不放弃你的希望

一个人,即使他一无所有,只要他有希望,他就可能拥有一切。

在马来西亚的一个国际心理学会议上,我认识了一个俄罗斯人,他向我大力推荐他所创立的积极心理治疗理论。

他讲了他所做过的一个试验:将两只大白鼠丢入一个装了水的器皿中,它们会拼命地挣扎求生,一般维持的时间是 8 分钟左右。然后,他在同样的器皿中放入另外两只大白鼠,在它们挣扎了 5 分钟左右的时候,放入一个可以让它们爬出器皿的跳板,这两只大白鼠得以活下来。若干天后,再将这对大难不死的大白鼠放入同样的器皿中,结果真的令人吃惊:两只大白鼠竟然可以坚持 24 分钟,3 倍于一般情况下能够坚持的时间。

这位心理学家总结说:前面的两只大白鼠,因为没有逃生的经验,它们只能凭自己本来的体力来挣扎求生;而有过逃生经验的大白鼠却多了一种精神的力量,它们相信在某一个时候,一个跳板会救它们出去,这使得它们能够坚持更长的时间。这种精神力量,就是积极的心态,或者说是内心对一个好的结果心存希望。

当时,我心里想着那两只大白鼠,总觉得不是滋味,就略带反感地对他说,有希望又怎么样,最后它们还不是死了。出乎我的意料,这时,他告诉我:不,它们没有死,在第 24 分钟时,我看它们实在不行了,就把它们捞出来了。

我问:为什么要那么做?

他说:因为有积极心态的大白鼠有价值,更值得活下去,我们人类应尊重一切希望,哪怕是大白鼠内心的希望。

希望就是力量。在很多情形下,希望的力量可能比知识的力量更强大,因为只有在有希望的前提下,知识才能被更好地利用。一个人,即使他一无所有,只要他有希望,他就可能拥有一切;而一个人即使拥有一切,却不拥有希望,那就可能丧失他已经拥有的一切。

❋ 曾奇峰

思维小语

希望是我们肉眼看不到的,但它却实实在在地存在于我们的心中。只要心中拥有了希望,并在任何时候都不轻言放弃,那么我们身上潜在的巨大能量就会被激发,从而获得克服困难的勇气,就有可能超越一切艰难险阻。

(王倩)

希望是生存的动力

希望，也正是我生命不竭的原因所在呀！

有一个老人，今年刚好 100 岁，不仅功成名就，子孙满堂，而且身体健朗，耳聪目明。在他百岁生日的这一天，他的子孙济济一堂，热热闹闹地为他祝寿。

在祝寿进行中，他的一个孙子问："爷爷，您这一辈子中，在那么多领域做了那么多的成绩，您最得意的是哪一件呢？"

老人想了想说："是我要做的下一件事情。"

另一个孙子问："那么，您最高兴的一天是哪一天呢？"

老人回答："是明天，明天我就要着手新的工作，这对于我来说是最高兴的事。"

这时，老人的一个重孙子，虽然还 30 岁不到，但已是名闻天下的大作家了，站起来问："那么，太爷爷，最令你感到骄傲的子孙是哪一个呢？"说完，他就支起耳朵，等着老人宣布自己的名字。

没想到老人竟说："我对你们每个人都是满意的，但要说最满意的人，现在还没有。"

这个重孙子的脸陡地红了，他心有不甘地问："您这一辈子，没有做成一件感到最得意的事情，没有过一天最高兴的日子,也没有一个令您最满意的孙子,您这 100 年不是白活了吗?"

此言一出,立即遭到了几个叔叔的斥责。老人却不以为然,反而哈哈大笑起来:"我的孩子,我来给你讲一个故事:一个在沙漠里迷路的人,就剩下半瓶水,整整五天,他一直没舍得喝一口,后来,他终于走出大沙漠。现在,我来问你,如果他当天喝完这瓶水的话,他还能走出大沙漠吗?"

老人的子孙们异口同声地回答:"不能!"

老人问:"为什么呢?"

他的重孙子作家说:"因为他会丧失希望,他的生命很快就会枯竭。"

老人问:"你既然明白这个道理,为什么不能明白我刚才的回答呢?希望,也正是我生命不竭的原因所在呀!"

🌹思维小语🌹

最好的永远在明天,正是这种对未来的美好期待支撑着老人走过百年人生路。希望不仅是老人生存的动力,也是我们每个人成长的动力。让我们都带着希望出发吧,去寻找下一站的美好,去感受更精彩的生活,去创造更不一样的未来。（黄晶晶）

厄运打不垮的信念

只要厄运打不垮信念,希望之光就会驱散绝望之云。

明朝末年时,史学家谈迁经过二十多年呕心沥血的写作,终于完成了明朝编年史——《国榷》。

面对这部可以流传千古的巨著,谈迁心中的喜悦可想而知。然而,他没有高兴多久,就发生了一件意想不到的事情。

一天夜里,小偷进他家偷东西,见到家徒四壁,无物可偷,以为锁在竹箱里的《国榷》原稿是值钱的财物,就把整个竹箱偷走了。从此,这些珍贵的稿子就下落不明。

二十多年的心血转眼之间化为乌有,这样的事情对任何人来说,都是致命的打击。对年过花甲、两鬓已开始花白的谈迁来说,更是一个无情的重创。可是谈迁很快从痛苦中崛起,下定决心再次从头撰写这部史书。

谈迁又继续奋斗十年后,又一部《国榷》重新诞生了。新写的《国榷》共 104 卷,50 万字,内容比原先的那部更翔实精彩。谈迁也因此留名青史。

英国史学家卡莱尔也遭遇了类似的厄运。

卡莱尔经过多年的艰辛耕耘,终于完成了《法国大革命史》的全部文稿。他将这本巨著的底稿全部托付给自己最信赖的朋友米尔,请米尔提出宝贵的意见,以求文稿的进一步完善。

隔了几天,米尔脸色苍白、上气不接下气地跑来,万般无奈地向卡莱尔说出一个悲惨的消息:《法国大革命史》的底稿,除了少数几张散页外,已经全被他家里的女佣当做废纸,丢进火炉里烧为灰烬了。

卡莱尔在突如其来的打击面前异常沮丧。当初他每写完一章,便随手把原来的笔记、草稿撕得粉碎。他呕心沥血撰写的这部《法国大革命史》,竟没有留下任何可以挽回的记录。

但是,卡莱尔还是重新振作起来。他平静地说:"这一切就像我把笔记簿拿给小学老师批改时,老师对我说:'不行!孩子,你一定要写得更好些!'"

他又买了一大沓稿纸,重新开始了又一次呕心沥血的写作。我们现在读到的《法国大革命史》,便是卡莱尔第二次写作的成果。不错,当无事时,应像有事时那样谨慎;当有事时,应像无事时那样淡定。因为在漫长的人生旅途中,实在是难以完全避免崎岖和坎坷。

只要出现了一个结局,不管这结局是胜还是败,是幸运还是厄运,客观上都是一个崭新的开始。

只要厄运打不垮信念,希望之光就会驱散绝望之云。

❁ 蒋光宇

思维小语

谈迁和卡莱尔之所以能够赢得敬重,正是因为他们具有不被厄运击垮、始终怀着坚定的信念从头再来的精神。这种精神能够鼓舞我们在漫长的人生道路上不畏艰难险阻,即使遇到困难也坚定不移地去实现自己的梦想。

(黄晶晶)

我做到了

他做了一下深呼吸，一切顺理成章，他飞了起来。米奇尔以鹰的威严在翱翔。

　　他的掌心在出汗，横竿定在 17 英寸，比他个人最好成绩高 3 英寸。米奇尔·斯通面临着他撑竿跳高生涯中最富挑战性的时刻。

　　米奇尔一直就梦想着飞翔。从 14 岁起，他就开始为之努力了。他的教练即父亲为他细心制订了一项周密详细的训练计划。米奇尔的执著、决心和严格训练都是父亲一手调教的。

　　母亲则希望儿子的训练能轻松一些，想让儿子仍是那个充满自由自在梦想的小小孩子。她曾试着同米奇尔和丈夫谈论此事，但丈夫马上打断了她，说："想要得到，就必须努力。"

　　米奇尔为完美而奋力拼搏的精神，除了他的信念，还有激情。时至今日，米奇尔撑竿跳所取得的全部成绩似乎都是对他努力训练的回报。

　　米奇尔又在为他喜欢的试跳做准备了。每当他一落到气垫上，落到人群的脚下，他就会马上起来重新做。

　　他似乎忘记了他刚刚以 1 英寸的优势越过他个人的最好成绩，忘记了在这场撑竿跳比赛中，他是最后的两名竞争选手之一。

　　当越过 17 英尺 2 英寸、17 英尺 4 英寸的高度时，他竟出奇的理智。躺在垫子上，他听到人群的惋惜声，知道另一名选手的最后一跳已经失败。他知道最后的时刻来临了。只要跨过这个高度就可以稳获冠军，而小小的失误又会使他屈居亚军。这并没有什么可羞耻的，然而米奇尔不允许自己失败。

他在草地上翻滚了一下。指尖上举，祈祷了三次。他拿起撑竿，稳稳站定，踏上他 17 岁的生涯中最具挑战性的跑道。

然而这次他感到跑道和以前不同，他感到片刻慌张。横竿被定在比他个人最好成绩高 18 英寸的位置上，距全国纪录仅 1 英寸。他这么想着，感到剧烈的紧张和不安。他想放松下来，但无济于事，反倒使他更紧张。他从未经历过这种体验。他内心深处无时不在想着母亲。现在怎么了？母亲会怎么做呢？很简单，母亲常告诉他这样的时候做一下深呼吸。

他照这样做了，紧张从腿上消失。他把撑竿轻轻地置于脚下，伸开胳膊，抬起身体。一道冷汗沿着脊背流了下来。他小心地拿起撑竿，心脏怦怦在跳。他想观众一定也是屏住呼吸，四周静寂。忽然他听到远处几只飞翔的知更鸟的歌声，他飞行的时刻到来了。

他开始全速助跑，跑道与往日一样又变得熟悉起来。地面就像他常梦到的乡间小路，岩石、土块、金色麦田纷纷涌入脑海。他做了一下深呼吸，一切顺理成章，他飞了起来。米奇尔以鹰的威严在翱翔。

不知是看台上人们的欢呼声，还是落地时的重击声，使米奇尔重新清醒。鲜亮的暖洋洋的阳光照在脸上。他知道他只能想象母亲脸上的微笑。父亲也可能在笑，甚至在开怀大笑。米奇尔不知道父亲正在搂着妻子大哭呢。是的，坚信"想得到什么，就必须努力去做"的父亲像孩子似的在妻子怀中抽噎呢，母亲从未见到过丈夫哭得如此厉害，她知道那是自豪的泪水。米奇尔马上被人群包围，人们祝贺他生命中辉煌的成就。他跳跃了 17 英尺 6.5 英寸的高度：一项全国乃至世界的青年锦标赛纪录。

鲜花、奖金和传媒的关注将改变米奇尔日后的生活。这一切不是因为他赢得全国青年赛的冠军并打破一项新的世界纪录，也不是因为他把自己的最好成绩提高了 9.5 英寸，而只是因为米奇尔·斯通是个盲人。

✳ [美]戴维·奈斯特

🌹思维小语🌹

"想得到什么，就必须努力地去做"。正是怀着这个信念，米奇尔·斯通创造了奇迹。虽然我们都很平凡，但只要我们克服内心的懦弱和犹豫，不管外界的嘲讽和质疑，只要坚定自己的目标并不断努力，谁说我们不能创造出属于自己的奇迹呢？

（黄晶晶）

1885 次 拒 绝

在困难面前不是灰心丧气而是坚定信心，这是影星史泰龙的成功带给我们的启示。

国际影星史泰龙未成名前，是一个贫困潦倒的穷小子。当时他身上的现金只剩 100 美元，唯一的财产，就是一部又老又旧的金龟车,而他就睡在车里。史泰龙穷得连停车位的钱也舍不得付,所以他总是将车子停在 24 小时营业的超市门口,因为那里的车位是不用付钱的。史泰龙的理想是成为电影明星。于是他挨家挨户地拜访了好莱坞的所有电影制片公司,寻求演出的机会。

好莱坞总共有大约 500 家左右的电影公司,史泰龙逐一拜访过后,任何一家电影公司都不愿意录用他。史泰龙面对 500 次冷酷的拒绝,毫不灰心。他回过头来,又从第一家开始,挨家挨户地自我推荐。第二轮的拜访,好莱坞 500 家电影公司当中,总共有多少家拒绝他呢? 答案是 500 家,仍然是没有人肯录用他。

史泰龙秉持自己的信念,将 1000 次以上的拒绝,当做是绝佳的经验,鼓舞自己又从第一家电影公司开始。这一次他不仅争取演出的机会,同时还向对方推荐自己苦心撰写的剧本。

第三轮带着剧本努力拜访好莱坞 500 家电影公司的史泰龙,有没有成功呢?

答案还是一样,好莱坞的电影公司全都拒绝了他。

史泰龙总共经历了 1885 次严苛的拒绝、无数的冷嘲热讽,总算有一家电影公司愿意采用他的剧本,并聘请他担任自己剧本中的男主角。

这部影片的名字,就叫做《洛基》。从此之后,史泰龙每一部影片,都十分卖座,从此奠定了他国际巨星的地位。

从身上仅剩下 100 美元的穷小子,到每部影片片酬超过 2000 万美金的超级巨星,史泰龙凭借坚强的意志和不懈的努力,实现了自己的人生梦想。

✿ 颜如玉

恒　　心

不论多么难做的事情，多么浩大的工程，只要不间断地去做，总会成功的。

　　我认识这样一个人，他是一个医务工作者。但是他酷爱文学，他不愿因医务工作而放弃理想。可医务工作又不允许他有大段大段的时间供他支用，他只能利用每天的一小段一小段的零碎时间来写作。

　　于是他就选择了日记体方式，每天把零碎的时间利用起来写日记。他记的日记什么都有，天气的变化，与友人的交往，读书心得，买书的经历，游记，对时局的评论，人生的感悟，等等。

　　现在他四十多岁了，他从二十多岁开始这样不间断地记，有时一天写一两千字，有时写十几个字，二十多年下来，他的书斋里已整齐地堆叠起几百册日记本。他又把这些日记分类整理成若干个部分,洋洋十几卷,几百万字。

有人说,他的日记,是目前文坛的第一部长篇记事,也是我们时代的大百科全书。事实上,他的日记体创作,已被文坛所公认,是目前文坛上以日记体创作最有成就的少数作家之一。

他没有多么巨大的创作构想,也没有要成为大作家的奢望,他只是矢志不移地把一天一天的零碎时段拣拾起来,靠一个恒心,做一件不间断的事情,所以他成功了。

所有成功的人,靠的就是"恒心"两个字。不论多么难做的事情,多么浩大的工程,只要不间断地去做,总会成功的。

所有失败的人,都是浅尝辄止、半途而废的人。纵有天大的才气,不能长久坚持,缺乏恒心,也会一事无成。

有人瞧不起那些散布在每天中的零碎时间,可生活中永远都不会有整天、整月、整年的时间供你支用的。而把这些零碎的时间集合起来,聚沙成塔,就找到了一座时间的富矿。

因而,恒心是度量一个人是否成功的试金石。不要听他的高谈阔论,也不要为他暂时的光芒所迷惑,只看他是否在矢志不移地去做一件事就足够了。

❀ 鲁先圣

❀ 思维小语 ❀

古往今来,许多人没有骄人的天赋和过人的智慧,但凭着恒心和不懈的努力仍然获得了成功。想具有恒心并不是很难的事,只要我们在遇到困难、阻碍的时候,在想偷懒、逃避的时候,在想放弃、不愿继续的时候,再坚持一点点,那么水滴能够石穿,梦想也能成为现实。

(黄晶晶)

奇迹诞生的途径

每个人都可以摊开一张白纸，敞开心扉，写下 10 个甚至 100 个实现梦想的途径。

1968 年的春天，罗伯·舒乐博士立志在加州用玻璃建造一座水晶大教堂，他向著名的设计师菲力普·强生表达了自己的构想：

"我要的不是一座普通的教堂，我要在人间建造一座伊甸园。"

强生问他预算，舒乐博士坚定而明快地说："我现在一分钱也没有，所以 100 万美元与 400 万美元的预算对我来说没有区别，重要的是，这座教堂本身要具有足够的魅力来吸引捐款。"

教堂最终的预算为 700 万美元。700 万美元对当时的舒乐博士来说是一个不仅超出了能力范围甚至超出了理解范围的数字。

当天夜里，舒乐博士拿出一页白纸，在最上面写上"700 万美元"，然后又写下了十行字：

一、寻找 1 笔 700 万美元的捐款

二、寻找 7 笔 100 万美元的捐款

三、寻找 14 笔 50 万美元的捐款

四、寻找 28 笔 25 万美元的捐款

五、寻找 70 笔 10 万美元的捐款

六、寻找 100 笔 7 万美元的捐款

七、寻找 140 笔 5 万美元的捐款

八、寻找 280 笔 25000 美元的捐款

九、寻找 700 笔 1 万美元的捐款

十、卖掉 10000 扇窗，每扇 700 美元

60 天后，舒乐博士用水晶大教堂奇特而美妙的模型打动富商约翰·可林捐出了第一笔 100 万美元。

第 65 天，一位倾听了舒乐博士演讲的农民夫妇，捐出第一笔 1000 美元。

90 天时，一位被舒乐孜孜以求的精神所感动的陌生人，在生日的当天寄给舒乐博士一张 100 万美元的银行本票。

8 个月后，一名捐款者对舒乐博士说："如果你的诚意与努力能筹到 600 万美元，剩下的 100 万美元由我来支付。"

第二年，舒乐博士以每扇 500 美元的价格请求美国人认购水晶大教堂的窗户，付款的办法为每月 50 美元，10 个月分期付清。6 个月内，一万多扇窗全部售出。

……

1980 年 9 月，历时 12 年，可容纳一万多人的水晶大教堂竣工，成为世界建筑史上的奇迹与经典，也成为世界各地前往加州的人必去瞻仰的胜景。

水晶大教堂最终的造价为 2000 万美元，全部是舒乐博士一点一滴筹集而来的。

不是每个人都要建一座水晶大教堂，但是每个人都可以设计自己的梦想，每个人都可以摊开一张白纸，敞开心扉，写下 10 个甚至 100 个实现梦想的途径。

❋ 亚 萍

🌀 思维小语 🌀

如果从一个角度思考问题，很难实现自己的梦想，那我们就让自己的思维尽可能地发散，从别的角度去寻找实现梦想的途径。换个角度去思考问题，从问题的反面来讨论解决问题的方法，有时候问题就会变得简单，童话也能成为现实，梦想不再遥远。

（黄晶晶）

永 不 言 败

一次一次地负伤、一次一次地被击倒，连妈妈的哭泣，也没有使他退缩。最后，海明威终于击败了一个又一个对手。

海明威小时候，在《芝加哥论坛报》上看到一则拳击训练班的招生广告，他高兴极了，想报名参加，便找爸妈商量。爸爸赞成，但妈妈却极力反对。妈妈认为：海明威花在课外活动的时间太多了，何况拳击又是一项非常危险的运动，她不想让儿子冒这个险。可是海明威说什么也要学习拳击，甚至以离家出走相要挟，没办法，妈妈只好妥协。

海明威就是一个这么倔强的孩子，做什么事情不达目的是绝不罢休的。进拳击场的第一天，教练便叫他出列，然后又叫出一个魁梧的年轻人。这个年轻人是重量级拳击手中的佼佼者，他拍拍海明威的肩膀说："好吧，我就先陪你练两招。"海明威看看拳击手，一句话也没有说，戴上手套冲上去便打。年轻的拳手觉得没必要认真，所以只是左挡挡，右闪闪。可是，没想到海明威却十分认真，拼命地向他攻击，最后，拳击手竟忘了这是一次陪练，真的动手打起来，双方都有一争胜负的劲头。

海明威好像又回到了大森林里，那是一次意外的遭遇。他在玩耍间忽然看到一条不太粗的蛇，正咬住一只比自己的身体粗一倍的蜥蜴往肚子里吞。蜥蜴拼命地往外挣扎，那蛇喘一口气，蜥蜴便挣扎出一段来，可是那蛇一直咬住不放，一点儿、一点儿地往肚子里吞。经过漫长的 15 分钟，终于把一只比自己身体粗大的蜥蜴吞进肚子里。海明威忘了恐惧，他忽然悟到：不论大小，不论强弱，都不是必然的强者和弱者。想起那条蛇，海明威的拳头出击得更加猛烈。但对方毕竟是职业拳手，几个回合下来，海明威便被击倒了，鼻子破了，满脸是血，眼睛也又红又肿。人们都以为海明威会退出拳击场，没想到第二天，他脸上贴着纱布，又站到那位拳击手的面前。

20 个月以后，一起报名参加的同学都纷纷退出了，而他，海明威，仍然在拳击场上苦练。一次一次地负伤、一次一次地被击倒，连妈妈的哭泣，也没有使他退缩。最后，海明威终于击败了一个又一个对手。

投降的绝不能是我

"必须有一方投降，但投降的绝不能是我！"

  参加过大西南剿匪的父亲给我讲过一个他亲历的故事。

  父亲端着步枪刚从一座巨岩后拐出来，迎面撞上了一个也端着步枪的土匪。两个人相距只有五六步，同时将枪口对准了对方的胸膛，然后就一动不动了。

  要想都保全性命，就必须有一方投降。

  双方对峙着，枪口对着枪口，目光对着目光，意志对着意志。

  其实总共只对峙了十几秒钟，可父亲感到是那么的漫长。那是他一生中唯一一次对流逝的时光产生刻骨铭心的印象。

  父亲不知道他已经咬破了自己的下嘴唇，两条血流濡湿了下巴。他的大脑中一片空白，只有一个念头支撑着他：

"必须有一方投降，但投降的绝不能是我！"

父亲眼睁睁看着那个土匪的精神垮掉——先是脸煞白，面部痉挛，接着是大汗淋漓，最后是双手发抖——枪掉到了地上。

土匪成了父亲的俘虏。

父亲的这个故事永远印刻在了我的脑海里。十几年来，不论遭遇多么大的坎坷与挫折，我总用故事中父亲的那句话鼓励自己：

"必须有一方投降，但投降的绝不能是我！"

❀ 晓　恩

思维小语

在与敌人的心理战斗中，父亲凭着坚定的意志最终取得了胜利。其实在生活中，我们也要经历许多挑战，小到考试竞赛，大到人生选择，这些都可能成功或失败。但是，只要我们也拥有父亲那样坚持到底的精神和勇敢顽强的意志，就没有困难能够把我们打倒。

（黄晶晶）

微软清洁工

> 对于微软来说，没有 E-mail 的人等于不存在的人，所以微软不能用他。

　　有人到微软去找一份清洁工的工作。在经过面试和实做（打扫厕所等）以后，人事部门告诉他被录取了，向他索要 E-mail 以寄发录取通知和其他文件。他说："我没有计算机。"人事部门告诉他，对于微软来说，没有 E-mail 的人等于不存在的人，所以微软不能用他。

　　他很失望地离开微软，口袋里只有 10 美元。他只好到便利商店去买 10 公斤的马铃薯，挨家挨户转手卖出。

　　两个钟头后他卖光了，获利 100％。他又做了几次生意，把本钱增加了一倍。他发现这样可以挣钱养活自己。

　　于是，他认真地做起这类生意来，一些运气加上努力，他的生意越做越大，还买了车，增加了人手。

　　5 年内，他建立了一个很大的"挨家挨户"的贩售公司，提供人们只要在自家门口就可以买到新鲜蔬菜的服务。

　　他考虑到为家人规划未来，于是计划买一份保险。

　　签约时，业务员向他要 E-mail。他再次说："我没有计算机，更别提 E-mail 了。"业务员很惊讶："您有这样一个大公司,却没有 E-mail。想想看如果你有计算机和 E-mail 可以做多少事！"

他说:"我会成为微软的清洁工。"

❋ 高国防

❀思维小语❀

　　每个人都有自己的长处和短处,努力发挥自己的长处,避免自己的短处,这也是一条成功之路。通往成功的道路有千万条,当这条道路不是我们所擅长走的,不妨换换别的道路,找找最适合自己的那一条,找到了照样能够成功。　（黄晶晶）

坚持的力量

他的眼里没有其他的诱惑和干扰,只有他的水笔,即使在吃饭的时候还握着它。

　　一个白痴孩子,每个人见了他都会烦,包括他的父母。他整天哭闹,并且做出吓人的模样,整个身体不停地扭动,没有人能够让他停止下来。父母必须 24 小时照顾他,否则他会破坏家里的一切。他每天只睡三个小时,而且在这三个小时里,还会突然醒来。他的父亲几次想把他送到社会福利院,就是无法下定决心。

孩子6岁的时候,还说不好一句话,连背诵一个单词都十分困难。而且他开始不愿见生人。医生诊断后告诉他父母:可怜的孩子,他得了自闭症。

没有人能教育他,只得求助于康复中心。于是,父母把他带到一家儿童教养中心。那里的老师也无法管教他,他不停地在课堂上发出尖叫,让其他儿童惊吓不已。他的手不断在玩东西,一刻也不休息,连睡觉的时候也在运动。

老师说这样的孩子没救了,让他自生自灭吧。有一天,孩子发现了地上有一枝水笔,就用它在地上画一道线。然后,他不停地玩着这枝水笔,不断在地上画着线条,没有人阻止他这样做。

第二天起来,他继续画。但是,细心的老师发现了他画的这些线条,惊呼:"天哪,他竟然会画画。"

其实,这些线条并不是画,只是一个白痴儿童能画出圆形、方形的线条足以让人惊讶罢了。

老师再也没有像往常一样夺走他手中的东西,而是在地上铺上白纸,让他在纸上画;又给他不同颜色的水笔,让他尝试着使用它们。

这个白痴孩子就一直抓着他的水笔,除了睡觉之外的时间都在作画。没有人指导他,他的世界里只有他自己和水笔。

10年后,他的画被人拿到了拍卖会上,结果意外地卖出了,而且被许多资深画家看好。

他就这样一举成名,他的名字叫理查·范辅乐,苏格兰人。他的作品在欧洲和北美展出100多次,已卖出1000多幅,每幅的售价是2000美元。

现在许多人在感叹一个白痴竟然可以成为画家，但谁都忽略了这样一个细节：他的眼里没有其他的诱惑和干扰，只有他的水笔，即使在吃饭的时候还握着它。这有几个正常人能做到？

❋ 刘 沙

🌸思维小语🌸

白痴能够成为画家，靠的是十多年的坚持不懈，不被外界的诱惑和干扰。也许我们很难像他那样，生活在自己封闭的世界里，但我们同样可以明确自己的目标，不因外界的评价和议论而改变最初的理想，踏踏实实地朝着目标奋斗，这样坚持下去就能够成功。

（黄晶晶）

成功的法则

成功的法则其实很简单，而成功者之所以稀有，是因大多数人认为这些法则太简单了，没有坚持，不屑于去做。这个法则叫执著。

一个农场主在巡视谷仓时不慎将一只名贵的金表遗失在谷仓里，他遍寻不获，便在农场门口贴了一张告示，要人们帮忙，悬赏 100 美元。

人们面对重赏的诱惑,无不卖力地四处翻找,无奈谷仓内谷粒成山,还有成捆成捆的稻草,要想在其中找寻一块金表如同大海捞针。

人们忙到太阳下山仍没有找到金表,他们不是抱怨金表太小,就是抱怨谷仓太大、稻草太多,他们一个个都放弃了100美元的诱惑。只有一个穿破衣的小孩在众人离开之后仍不死心,努力寻找,他已整整一天没吃饭,希望在天黑之前找到金表,解决一家人的吃饭问题。

天越来越黑,小孩在谷仓内坚持寻找,突然他发现一切喧闹静下来后有一个奇特的声音"滴答、滴答"不停地响着。小孩顿时停止寻找。谷仓内更加安静,滴答声响十分清晰。小孩寻声找到了金表,最终得到了100美元。

成功的法则其实很简单,而成功者之所以稀有,是因大多数人认为这些法则太简单了,没有坚持,不屑于去做。这个法则叫执著。成功如同谷仓内的金表,早已存在于我们的周围,散布于人生的每个角落,只要执著地去寻找,专注而冷静地思考,我们就会听到那清晰的滴答声。

❋ 马国福

🌀思维小语🌀

我们羡慕别人获得了成功,但往往忽略了他们为这份成功付出的努力和汗水。"台上一分钟,台下十年功。"没有人能够不劳而获,成功永远垂青于那些付出了努力的人们。成功的法则就是冷静地思考、执著地行动和比别人多一点的努力。

（黄晶晶）

再添一把柴

> 其实,有时成功离我们只有一步之遥了,关键时刻,也正是再添一把柴的时候。

有一个商人,当有人问其成功的秘诀时,他只说了一句话:再添一把柴。

很久以前看过这样一幅漫画:一个挖井的人,他一连挖了好几口井,都没看到水。并不是没有水,事实上他只要将其中任意一口井再挖深一点点就行了,但他没有,结果所有的工夫都白费了。

在现实生活当中,我们总是抱怨这个世界提供给我们的机遇太少,而一旦机遇来了,抓住了,又抱怨成功太难。尽管我们曾经也投入过、拼搏过,但就在成功即将来临的时候,我们却退缩了,放弃了。我的一位朋友就是这样:一个偶然的机会,他相中了一种新产品,并满怀信心地将它推向市场,一段时日后,这种新产品并没有像他预料的那样给他带来可观的利润,便咬咬牙又撤了回来。不久,这种新产品再次在市场上出现,竟然十分畅销。后来,朋友懊悔不已,说在这种产品还没有被大众所了解和接受的时候他强调的只是结果,当这种产品逐渐得到人们的认同时,他却撤了回来,结果让别人捡了个大便宜。

其实，有时成功离我们只有一步之遥了，关键时刻，也正是再添一把柴的时候。

再添一把柴，99℃的水就能达到沸点！

 梦天岚

思维小语

很多人在关键时候都没有再添一把柴，因为他们觉得再继续下去也不能成功，还不如放弃。其实他们不是不能坚持，而是没有了坚持下去的勇气和信心。再坚持一点点，对所做的事多抱一份信心，也许下一把柴火就能把你带到成功的彼岸。（黄晶晶）

一生只做一件事

成功不在于做事的多少，而在于能否坚守自己的信念，用心去做，不因为外界的怀疑和干扰而改变最初的梦想。

为什么一生只做一件事，听我慢慢道来！我家门前有两家卖老豆腐的小店。一家叫"潘记"，另一家叫"张记"。两家店是同时开张的。刚开始，"潘记"生意十分兴隆，吃老豆腐的人得排队等候，来得晚就吃不上了。潘记的特点是：豆腐做得很结实，口感好，给的量特别大。相比之下，张记老豆腐就不一样了，首先是豆腐做得软，软得像汤汁，不成形状；其次是给的豆腐少，加的汤多，一碗老豆腐半碗多汤。因此，有一段时间，张记的门前冷冷清清。

有一天早上，因为我起床晚了，只好来到张记的豆腐店。吃完了一碗老豆腐，老板走过来，笑着问我豆腐怎么样。我实话实说："味道还行，就是豆腐有点软。"老板笑了笑，竟有几分满意的样子。我说："你怎么不学学'潘记'呢？"老板看着我说："学他什么呀？"我说："把豆腐做得结实一点呀！"老板反问我："我为什么要学他呢？"沉思了一下，老板自我解释说："我知道了，你是说，来我这边吃豆腐的人少，是吗？"我点点头。老板建议我两个月以后再来，看看是不是会有变化。

大概一个多月后，张记的门前居然真的排起了长队。我很好奇，也排队买了一碗，看看碗里的豆腐，仍然是稀稀的汤汁，和以前没什么两样，吃起来，也是从前的味道。老板脸上仍然挂着憨厚的笑，我也笑着问："能告诉我这其中的秘诀吗？"

老板说："其实，我和'潘记'的老板是师兄弟。"我有些惊讶："那你们做的豆腐不一样呀？"老板说："是不一样。我师兄——'潘记'做的豆腐确实好，我真比不上，但我的豆腐汤是加入好几种骨头，配上调料，再经过 12 个小时熬制而成，师兄在这方面就不如我了。"见我还有些不解，老板继续解释："这是我师傅特意传授给我们的。师傅说，生意要想长远，就必须有自己的特长。师傅还告诉我们，'吃'的生意最难做，因为众口难调，人的口味是不断变化的，即使是山珍海味，经常吃也会烦，因此师傅传给我们不同的手艺。这样，人们吃腻了我师兄的豆腐，就会到我这里来喝汤。时间长了，人们还会回到我师兄那里。再过一段时间,人们又会回来我这里。这样,我们师兄弟的生意就能比较长远地做下去,并且互不影响。"我试探地问:"你难道就不想跟师兄学做豆腐吗?"老板却说:"师傅告诉我们,能做精一件事就不容易了。有时候,你想样样精,结果样样差。"张记老板的这番话,我以为除与老豆腐有关外,与一个人的择业、一个人一辈子的坚守,似乎都有些关联……

❋ 木 川

🌀思维小语🌀

　　有的人虽然聪明,但总是改换目标,结果哪件事都做不长,到头来一事无成;有的人一辈子就坚持做一件事,认真地把它做好,照样也能够成功。成功不在于做事的多少,而在于能否坚守自己的信念,用心去做。

(黄晶晶)

第**3**辑

美丽看世界

罗纳尔多是足球场上的英雄，
但一开始他的表现并不出色。
妨碍他表现的，就是他的龅牙。
他认为自己的龅牙很不好看，所以常常紧闭着嘴唇。
直到一个细心的教练发现了这一点，
并对他说："要想让人们忘记你的龅牙，
最好的办法不是闭上嘴，而是发挥你精湛的球技。"
不再掩饰自己龅牙的罗纳尔多球技大进，
17 岁就进入了巴西国家队，并同队员们一起赢得了世界杯。
每个人或许都有着自己的"龅牙"，但只要你用美丽的眼光来看
待自己，你就会发现自己的优点，并最大限度地把它发挥出来。
用积极的眼光看世界，世界就是美丽的。

给自己一个笑脸

给自己一个笑脸好吗？让来自于心底的那份执著，鼓舞着自己插上长风的翅膀过尽千帆。

那天，看到妻面对衣柜上的镜子微笑，无意中我感到妻的笑是那么妩媚动人。其实，我对妻的笑是再熟悉不过了，而今天看来却觉得有些陌生的美好。想来想去顿有所悟：原来，这一笑是妻子为她自己而笑的，是她自己给自己的一个笑脸。于是，我也尝试着给自己一个笑脸，于是自己的笑便也灿烂起来。

是啊，当我们面对困惑面对无奈时，是否该悄悄地给自己一个笑脸呢？

给自己一个笑脸，让自己拥有一份坦然；给自己一个笑脸，让自己勇敢地面对艰险。这是怎样的一种调解，怎样的一种豁达，怎样的一种鼓励啊！

独步人生，我们会遇到种种困难，甚至于举步维艰，甚至于悲观失望。征途茫茫，有时看不到一丝星光；长路漫漫，有时走得并不潇洒浪漫。这时，给自己一个笑脸好吗？让来自于心底的那份执著，鼓舞着自己插上长风的翅膀过尽千帆；让来自于远方的呼唤，激励着自己带着生命闯过难关。

 艾明波

人生总会遇到一些不如意的事情，但如果永远把自己埋在这些琐碎的不如意中，那你的生活就会失去乐趣，你的人生也将变得黯淡。试着悄悄给自己一个鼓励的微笑，一个洒脱的理由，向着远方继续前行吧，相信命运也会给我们同样微笑的表情……

（王　蕴）

忘掉你的缺点

> 只有自己不在意，才能够不让这些缺点成为束缚我们的障碍。

罗纳尔多是足球场上的英雄。被称为"外星人"的他是让所有的后卫最头疼的前锋。几乎每一位对手都会被他准确的射门、惊人的启动速度和无时不在的霸气所震慑。但是，很少有人知道的是，这个当今绿茵场上纵情驰骋的英雄，尽管拥有非凡的足球天赋，却并不是一开始就表现得很出色的。

而妨碍罗纳尔多表现的，就是他的龅牙。刚刚走上绿茵场的他，认为自己的龅牙很不好看，担心被人们嘲笑。为了能够避免露出自己的龅牙，他常常紧闭着嘴唇，即使是在上场比赛时，他也不肯稍稍松懈。他一直都这样踢球，直到一个细心的教练发现了这一点。教练把他换下了场，拍拍他的肩膀说："罗纳尔多，你在场上时应该忘掉你的龅牙，要知道，你的龅牙并不是你的错。如果你不张开嘴，你就无法自由地呼吸；而且要想让人们忘记你的龅牙，最好的办法不是闭上嘴，而是发挥你精湛的球技。"

从此，罗纳尔多在踢球时不再刻意掩盖自己的龅牙，他终于敢张开嘴自由地呼吸了。他的球技大进，在 17 岁时，他就进入了巴西国家队，并同队员们一起赢得了世界杯。他成为世界球王级的人物，不到 20 岁就获得了"世界足球先生"的称号。

功成名就后的罗纳尔多再也没有为他的龅牙烦恼过，他所有的球迷都将目光盯在了他超凡的球技上。他们不但没有嘲笑他的龅牙，反而认为他的龅牙很性感。如果当初罗纳尔多一直不敢张开嘴巴，足球历史上可能就不会增加一个超级球星，反而会出现一个气喘吁吁也不肯张嘴呼吸的笑料。

任何人都可能成为隐瞒自己"龅牙"的人，可是，人们不知道的是，掩盖反而更能吸引他人的注意。只有自己不在意，才能够不让这些缺点成为束缚我们的障碍。

思维小语

这个世界没有尽善尽美、毫无瑕疵的人，关键在于我们怎么看待自己的缺陷和不完美。与其盯住那些瑕疵，谨小慎微地生怕被人发现，不如锻造自己的长处，用光彩夺目的另一面遮住那些不如意的地方。

（王 蕴）

心态一变快乐来

> 不管日子多么平淡无奇,毫无光彩,只要我们举起手中的放大镜,去发现和寻找快乐,相信快乐就会天天围绕在我们身边……

那年,陈小欢还只是一名初一年级的学生,在她的暑假作业本里,有这样一道题目:"认识生活——请采访你周围 20 个熟悉或不熟悉的人,请他们说出当天让自己快乐的事,并记录下来。"她用了整整两天的时间,碰见人就问:"你快乐吗?"同时手上拿着个小本子,十分认真地做了"采访记录"。

爷爷:去体检,医生说没生什么病。

老爸:被老妈命令洗衣服,结果在老妈的一件衣服里,发现了 50 元钱,高兴地塞进自己的口袋。

老妈:下了一场大雨,发现空气真是太新鲜啦。

我自己:中午吃大闸蟹,特好吃。

我的同学陈浩:打开电视,刚好看到中国队和皇马队的比赛,中国队居然进了一个球。

我的同学梦颖:S.H.E 又出新唱片了。

我的死党丽荷:早上醒来睁开眼睛,想到居然是暑假,而且竟然作业不多。

表哥：追求 N 个月的×小姐终于答应和他约会了。

表姐：出去"血拼"，成果非凡，共收获一件上衣，两条裙子，一个皮包。

表弟：某网游账号成功升上 100 级，并荣登"×帮帮主"。

小叔：受到主任夸奖，被称赞大有前途。

出租车司机：正为塞车烦恼时，收音机里传来好听的歌。

小区门口卖报的阿姨：早上用 10 元钱买报的小伙子，不等自己找钱就走了，傍晚终于被自己碰上，把钱找还给了小伙子。

三轮车夫：下了一场大雨，生意特好，腿都踏酸了。

✿ 冰　诚

思维小语

　　生活似乎永远都一成不变，没有什么快乐可言，但如果把心态改变一下，去寻找和发现其中的快乐，我们就会发现，原来快乐的事情还真的很多……不管日子多么平淡无奇，毫无光彩，只要我们举起手中的放大镜，去发现和寻找快乐，相信快乐就会天天围绕在我们身边……

（王　蕴）

放开气球

我会一直准备失去生活中许多不得不失去的东西，然后，准备得到我应该得到的东西。

我的表哥一直那么优秀。初三的时候，他妈妈得了癌症。他平时有些小孩子气，就算是和同学吵了架，他也会流下几滴眼泪。可是这次，他没有流一滴眼泪。尽管每天他的眼睛都是红红的，但是他绝对不在众人面前哭。一直到他的妈妈离开，那天告别时，所有的亲戚哭得没有办法说话，他还是倔强地红着眼睛不哭。

连我的眼泪都流下来了，可是他依然不哭。有人哭喊着骂他："哭呀，你怎么不哭呀？"他咬着牙，血都流下来了，可是眼泪却没有流下来。难道他不爱他的妈妈吗？有人说他坚强，有人说他没有心肝，但是据我所知，自从那次告别之后，他再也不曾在别人面前流泪。

时间慢慢过去了，他一直优秀下去，考上了大学，现在快当上局长了。后来，我可以和他心平气和地谈到这件事情了。他静静地告诉我："小的时候，我很喜欢气球。可是我总很粗心，气球常常从我的手里跑掉，我就只能在原地哇哇大哭。那时候妈妈会笑着告诉我：'每个气球都有它应该去的地方，要飞走的时候，是什么都拦不住的，即使看着气球飞走而哭泣的，气球也不会回来了，因为它会有自己要去的地方，什么都没有办法改变的。但是,气球会在天空的某个地方看着你,如果你很轻松地放开气球的话,它就会感激你,因为它不必因为自己的告别而让你难过。'我的妈妈是这么说的,那些日子,她总是对我说:'让我做你手中的气球,轻轻地放开你的手。'我想要让妈妈走得放心些,所以我会一直准备失去生活中许多不得不失去的东西,然后,准备得到我应该得到的东西。"

他别开脸,我知道,他现在仍然记着他妈妈的话。

✳ 朱贵彩

思维小语

在成长的路上,我们每个人都可能会遇到一些让人伤心流泪的事情,虽然难过,却于事无补。因为,重要的是以后的日子怎么过。沉溺于悲伤,只会让爱我们的人担心、失望和难过。擦干眼泪,不哭,坚强面对生活!

(王 蕴)

心往好处想

你不过是被命运之船送回到了两年前,现在你又自由自在,无忧无虑了。

有位秀才进京赶考,考试前两天,他连续做了两个梦。第一个梦他梦见自己在墙上种白菜;第二个梦梦见下雨,他戴着斗笠还打着伞。

秀才赶紧去找算命先生解梦。算命先生说："你还是回家吧。你想想，高墙上种白菜，不是白费劲吗？戴着斗笠还打着伞不是多此一举吗？"

秀才一听，心灰意冷，回店收拾包袱就要回家。店老板问其缘故，秀才把做梦和算命的情况诉说了一番。店老板一听乐了："我也会解梦，我倒觉得你一定要去考。你想想，墙上种菜，不是高种（中）吗？戴着斗笠还打着伞，不是说明你有双保险吗？"

秀才一听，觉得很有道理，精神为之一振，于是充满自信地参加了考试。结果居然中了个探花。

同样两个梦，算命先生使秀才心灰意冷，准备打道回府，差一点葬送了前程；而店老板则使秀才精神振奋，满怀信心地走进考场，最后进入了前三名。

一位哲人曾经进过一个故事，说的是一个少女投河自尽，被正在河中划船的老艄公救上了船。

艄公问："你年纪轻轻的，为何寻此短见？"

少女哭诉道："我结婚两年，丈夫就遗弃了我，接着孩子又不幸病死，你说，我活着还有什么乐趣？"

艄公又问："两年前你是怎样过的？"

少女说："那时候，我自由自在，无忧无虑。"

"那时候你有丈夫和孩子吗？"

"没有。"

"那么，你不过是被命运之船送回到了两年前，现在你又自由自在，无忧无虑了。"

少女听了艄公的话，心里顿时豁然开朗，便告别艄公，高高兴兴地跳上了对岸。

关 邑

受了挫折的阳光

这阳光的折射,就像人生的挫折,折射使阳光美丽起来,挫折也会使人生美丽起来。

　　"妈妈,你看,彩虹!"

　　"美吗?"

　　"美!"

　　"宝贝,你知道吗?彩虹其实就是阳光。"

　　"阳光?我们平时见到的阳光,为啥没有这么美呢?"

　　"因为在雨后,空中留存的雨雾把阳光折射了,从而产生了七彩的光芒。这阳光的折射,就像人生的挫折,折射使阳光美丽起来,挫折也会使人生美丽起来。"

　　"妈妈,我知道了,彩虹就是受了挫折的阳光。"

雨后清新的阳光,照在那位妈妈的身上,照在那个孩子的身上,也照在孩子身下的那张轮椅上。

❋ 黄小平

🌸思维小语🌸

受了挫折的阳光会形成光彩夺目的彩虹,经历风雨的坎坷人生更让人们回味无穷。确实如此,没有那些苦难,怎么会显出我们的坚强和勇敢?没有那些流言飞语的挑战,怎么能让人的不屈和坚定开成一片灿烂的玫瑰?挫折,人生一所最好的大学。

(王 蕴)

两个水罐的故事

能够坦然、微笑面对生命中的缺憾和不足,愉悦地接纳自己,同样会带来"柳暗花明又一村"的美景。

从前,一个农夫有两个水罐,一个完好无损,一个有一条裂缝。农夫每次挑水,完好的水罐总能把水从远远的小溪运到主人家,而有裂缝的水罐回到主人家时往往只有半罐水。这使有裂缝的水罐感到无比痛苦和自卑。

一天，它在小溪边对主人说："我为自己每次只能运送半罐水而感到惭愧。"农夫惊讶地说："难道你没有看见每次回家的路旁那些盛开的鲜花吗？这些花只生长在你那一边，而没有生长在另一只水罐那一边。因为我早就知道了你的裂缝，并利用了它，我在你这一边撒下了花种，于是每天我们从小溪回来的时候，你就浇灌了它们。如今，这些鲜花已经给我们一路上带来了许多风景。"

这个故事告诉人们，在日常生活中，不必过于苛求自己，或总觉得自己不如他人，由此而产生自卑心理(诸如有的因生理上有某方面的缺陷而自卑；有的因学习成绩不如同伴而自卑等)。自卑是一种心理障碍，不仅妨碍个人身心健康，而且影响一个人思想和学习的进步。

俗话说：金无足赤，人无完人。能否接纳自己，是衡量一个人心理状态是否积极和健康的一项重要指标。正确认识自己存在的价值，认同自己的能力，并在行为上表现出一种与环境和他人积极互动的心理定势，并能够坦然、微笑面对生命中的缺憾和不足，愉悦地接纳自己，扬长避短，充分发挥自己的潜力，同样会带来"柳暗花明又一村"的美景。

✿ 逸　多

🌸思维小语🌸

不管什么时候，无论面对什么难题，我们都应该相信自己，肯定自己的优点，同时接纳自己的缺点。从缺点中发现一般人看不到的美好，发现一些反而更能创造奇迹的东西，这是一种能力。拥有这种能力的人会在生活中勇猛无敌。　　　　(王　蕴)

站 起 来

只要站起来比倒下去多一次就是成功。

一位父亲很为他的孩子苦恼。因为他的儿子已经十五六岁了，可是一点男子气概都没有。于是，父亲去拜访一位禅师，请他训练自己的孩子。

禅师说："你把孩子留在我这边，3个月以后，我一定可以把他训练成真正的男人，不过，这3个月里，你不可以来看他。"父亲同意了。

3个月后，父亲来接孩子。禅师安排孩子和一个空手道教练进行一场比赛，以展示这3个月的训练成果。

教练一出手，孩子便应声倒地。他站起来继续迎接挑战，但马上又被打倒，他就又站起来……就这样来来回回一共16次。

禅师问父亲："你觉得你孩子的表现够不够男子气概？"

父亲说："我简直羞愧死了！想不到我送他来这里受训3个月，看到的结果竟是他这么不经打，被人一打就倒。"

禅师说："我很遗憾你只看到表面的胜负。你有没有看到你儿子那种倒下去又立刻站起来的勇气和毅力呢？这才是真正的男子气概啊！"

只要站起来比倒下去多一次就是成功。

❋ 何保云

学 会 玩

当你在某个领域成为小有名气的"玩家"的时候，你会发现，意想不到的机会和故事将改变你原本平凡的生活。

　　有一次和美国朋友聊天，我谈到中国的大学生往往在玩的时候有一种"罪过感"，一边玩一边怪自己"堕落"，因为大部分中国学生都经历过漫长痛苦的应试教育阶段，在他们的心中，玩总是有一种负面的色彩在里面，必须节制。美国的朋友大声惊呼，因为这正好和他们的观念相反。他们经常抱怨的是"I can't believe I haven't gone out for two weeks"（我简直无法相信居然有两周没出去玩了！）。

　　后来我去美国 Tufts 大学和在摩根实习时，都有机会和美国孩子一起同住同玩，即便是在最繁忙的工作和期末考试阶段，大家仍然有一种"work hard，play hard"的精神。我们在实习的时候往往工作到半夜两点下班，然后大家去兰桂坊狂欢到三、四点，第二天九点继续回来精神抖擞地上班，公司的美国高层就非常欣赏这种"硬朗"的作风。

在我们的大学里，玩的功能就是娱乐消遣；而在美国，玩更重要的功能是社交。结果是，中国大学生交际的圈子比较狭窄、固定，而美国的大学生交际的圈子一直处于高度流动的状态。在西方文化中，玩的一个很重要的目的是去新的地方、认识新的人、和新的人一起体验新的好玩的感觉。尽管这些话听起来很简单，但是一想到毕业的时候，我们一个系里还有那么多的同学之间从来没有说过话或者彼此不认识，我就不由得苦笑。

其实，我们完全应该尝试着改变自己的心态，使"玩"这个事情变成锻炼自己、充实自己的活动。我想，当你在某个领域成为小有名气的"玩家"的时候，你会发现，意想不到的机会和故事将改变你原本平凡的生活。

❋ 张　锐

🌹 思维小语 🌹

玩，这样一个常常被家长和老师封锁的词汇，居然成了美国学生的重要活动内容，我们总是认为，玩，就是玩物丧志，就是堕落闲散；却没发现，玩，其实有它的独特之处——锻炼自己，充实能力。如果我们也能把"玩"的独特作用发挥出来，也将"玩"并快乐着。

（王　蕴）

心情的故事

学会用一种超然和从容的态度去看待自己所遭遇的一切，是最佳的人生态度。

有两个秀才一同去赴试，刚上路就遇到出殡的队伍，黑漆漆的棺材擦身而过。其中一个大感晦气，心头愁绪郁结，闷闷不乐；另一个则暗自高兴，因为他觉得：棺材棺材，有官有财，是个好兆头。结果呢？前者，没有考好名落孙山；后者，上了考场精神爽快，文思泉涌，果然一举成名。

这是一个关于心情的故事。

1965 年 9 月 7 日，世界台球冠军争夺赛在纽约举行。路易斯·福克斯十分得意，因为他远远领先了对手，只要再得几分便可登上冠军宝座了。然而，正当他准备全力以赴拿下比赛时，发生了一件意外的小事：一只苍蝇落在主球上。路易斯起初没在意，一挥手赶走苍蝇，俯下身准备击球。然而，这只苍蝇好像故意要和他作对，他一回到球台，它也跟着飞了回来，惹得在场的观众开怀大笑。路易斯的情绪也受到了影响，失去了冷静和理智，愤怒地用球杆去击打苍蝇，不小心球杆碰动了主球，被裁判判为不击球，从而失去了一轮机会。本以为败局已定的竞争对手约翰迪瑞见状勇气大增，信心十足，最终赶上并超过路易斯,夺得了冠军。被苍蝇击倒的世界冠军——路易斯沮丧地离开了。

这也是一个关于心情的故事。

做什么事情都离不开心情,我们常常听到如"垂头丧气"、"晦气"、"霉气"等词语,都是心情不好的形象说法。其实,很多事情取决于我们对它的态度,这也就是心理学上讲的"投射"作用,你认为它好便好,你认为它不好便可能就不好。因此,学会用一种超然和从容的态度去看待自己所遭遇的一切,是最佳的人生态度。当碰到不顺心的事,要多想想,不幸很快就将过去;或者说,不幸既已发生,我还去想着它,那不是更大的不幸吗?!

学会培养自己的好心情,从现在开始,从自己开始,马上,马上!

❋ 郑慧清

🌸 思维小语 🌸

心情好时,再困难的事似乎也能顺手拈来,马到成功;心情不好时,平时做起来再顺手的作业似乎处处都在为难我们。其实,面对难题不必抱怨自己倒霉,而应该及时调整心情,用一种从容的心态去看待,如此我们就会越来越"顺"的! (王 蕴)

心态是你真正的主人

心态是一个人真正的主人，要么你去驾驭生命，要么是生命驾驭你，而你的心态将决定谁是坐骑，谁是骑师。

一位哲人曾经说过：一个人的心态就是一个人真正的主人，要么你去驾驭生命，要么是生命驾驭你，而你的心态将决定谁是坐骑，谁是骑师。

美国的罗杰·罗尔斯是纽约州历史上第一个黑人州长，在他的身上，就完全体现了这种所谓的心情的重要性。他出生在纽约当时一个环境肮脏、充满暴力而且是偷渡者和流浪汉聚集地的大沙头贫民窟。那里声名狼藉，据说在那里出生的孩子由于耳濡目染，并没有几个在长大后从事什么体面职业的，因为他们从小就学会了逃学、打架，甚至是偷窃或者吸毒。然而，同样是在这里出生的罗杰·罗尔斯却成了后来纽约州的州长，这还得感谢他们当时学校的董事兼校长皮尔·保罗先生。

当年，这个可怜的校长发现，这些孩子甚至比当时最为流行的"迷茫的一代"更加无所事事。他们上课不与老师合作，经常不去上课，每天除了打架就是和老师作对，甚至在某一段时间还砸烂教室的黑板。皮尔·保罗先生尝试了好多办法来改变这种现状，却始终无济于事。不过校长在一段时间的接触后发现这些孩子都有一个共同的特点，就是非常迷信，只要是有关于迷信这方面的,他们都深信不疑。于是皮尔·保罗抓住这个特点,在他上课的时候给学生们看手相,并用这个办法来鼓励学生。

终于轮到罗杰·罗尔斯了,当他把肮脏的小手递给校长的时候,校长很兴奋地拉着罗杰·罗尔斯的手说:"一看你修长的小拇指我就知道,将来你会是纽约州的州长。"

罗杰·罗尔斯确实被惊呆了,从出生一直到现在,还没有谁给过他这么高的评价,唯一的一次就是他奶奶说他能当个船长,不过比起纽约州的州长来说,简直是小巫见大巫。

于是,在以后的生活里,小罗尔斯的心情顿时开朗了许多,对生活也充满了希望。他的衣服也不再是沾满泥土,说话也不再夹带着污言秽语了,甚至在走路的时候也有意无意地挺直了腰杆,始终都以一个纽约州未来的州长身份来要求自己。

终于工夫不负有心人,在 51 岁的那一年,罗杰·罗尔斯成功地成为纽约州的第一个黑人州长。在他的名言里,心情是不值钱的,但是一个乐观积极的心态确是非常有价值的。

❋ 孟华琳

🌹 思维小语 🌹

成功对每个人来说并不是遥不可及的。重要的不是目前我们身处何地,而是心灵的方向指向哪里。如果希望自己能扼住命运的咽喉,决定未来的生命走向,那么就要记住:调整心态,看重自己,自信勇敢。乐观积极的心灵是通往成功的阶梯。

(王 蕴)

20 美元钞票

生命的价值取决于我们本身！我们是独特的——永远不要忘记这一点！

在一次讨论会上，一位著名的演说家没讲一句开场白，手里高举着一张 20 美元的钞票，面对会议室里的 200 个人，问："谁要这 20 美元？"

一只只手举了起来。

他接着说："我打算把这 20 美元送给你们中的一位，但在这之前，请允许我做一件事。"他说着将钞票揉成一团，然后问："谁还要？"

仍有人举起手来。

他又说："那么，假如我这样做又会怎样呢？"他把钞票扔到地上，又踏上一只脚，并且用脚碾它。尔后他捡起钞票，钞票已变得又脏又皱。

"现在谁还要？"

还是有人举起手来。

他慢慢地说："朋友们，你们已经上了一堂很有意义的课。无论我如何对待这张钞票，你们还是想要它，因为它并没有贬值，它依旧值 20 美元。人生路上，我们会无数次被自己的决定或碰到的逆境击倒、欺凌甚至碾得粉身碎骨，我们觉得自己似乎一文不值。但无论发生了什么，或将要发生什么，在上帝的眼中，你们永远不会丧失价值。在他看来，肮脏或洁净，衣着整齐或不整齐，你们依然是无价之宝。生命的价值不依赖于我们的所作所为，也不仰仗我们结交的人物，而是取决于我们本身！我们是独特的——永远不要忘记这一点！"

[美]梅　尔

思维小语

我们的价值只取决于我们本身，无论成长的路上曾受到怎样的待遇：被困难阻挡，被逆境围困，甚至被人嘲笑，但只要我们有一颗积极向上的心灵，就不会被困难击倒。让自己勇敢地面对一切困境吧，这就是生命的价值。

（毛淑芬）

美丽看世界

成功者的一大标志，就是积极思维，美丽看世界。

乐观者与悲观者在草地上散步，看到夕阳西下，悲观者无奈地哀叹红日的沉沦，乐观者兴奋地说看到璀璨的群星正在升起。沉沦与升起，两种看法，两种心态。

成功者的一大标志，就是积极思维，美丽看世界。他们始终用最积极的思考，最乐观的精神，支配控制自己的人生。他们总是充满信心，积极乐观。

当人们对世界和自己未来的发展充满信心时，他们就会以未来的成功者自居，并时时刻刻感觉到"真是太好了"。成功需要克服许多困难，充满信心的他们总是迎难而上；成功需要战胜许多挫折，充满信心的他们总是愈挫愈勇；成功需要坚持到底，充满信心的他们总是持之以恒。

美丽看世界，他们总是用最积极的态度来面对现实。

音乐大师莫扎特的一生十分不幸，他一辈子都在为生活发愁，为疾病所苦。在他9年的婚姻生活中，就得去面对6个孩子的出生和其中4个的不幸死去；在开口借钱这个问题上，他所花费的心思恐怕不少于他15部交响曲所耗费的精力。生活如此凄惨，但他却在信中说道："我每天都在感谢造物主。"生活的挫折、不幸和遗憾赐予了我们不可多得的机会——体味生命的完整和真实，丰富生命的营养。多一份感激，少一份忧虑，我们的生活会更加宁静和美丽。

美丽看世界，他们总是在寻找别人最好的东西。

一位智者为行人指路。有人走过来问道："下一个城堡是什么样子的？"智者问："你刚刚经过的那个城堡是什么样子的？"那个人怨愤不平："那里的人自私、冷漠、恶毒、褊狭。""你将要去的城堡也是一样的。"智者笑着回答。另一个行人也来问路。当听到智者同样的反问后，他的眼睛里闪耀着明媚的阳光，"那里的人热情勤劳、乐善好施。"智者笑了，告诉他："你将要去的地方也是一样的。"生活就是这样，运用积极思维，选取积极的角度，挖掘它们光明的一面，你对它笑，它就会对你笑；

你给予它最好的东西,它就会给予你最好的东西。

即使你感到周遭一团漆黑,但全世界的黑暗也不能使一枝小蜡烛失去光辉。点亮心烛,驱散黑暗,既会亮丽一片天空,也会温暖寒冷的自己。打开一扇幸福之窗口,人生便不再有过多的遗憾,成功的事业也就拥有了一半。

❋ 姚友良

🌸 思维小语 🌸

玫瑰花和刺,就像我们所面对的世界的两种样子,只是不同的人看到了不同的东西。是充满感激地欣赏玫瑰花的美丽与芳香,还是担心隐藏在花枝间会伤人的尖刺,哪种心态会让人感觉幸福一望可知。

(毛淑芬)

淤泥里开出的花儿

当我被赋予了生命,我就不会辜负这一段旅程,而且会开出一尘不染的洁白花儿来给世人看。

当我还是个小孩子的时候,便习惯了他们在我家窄窄的房子里大声吵闹、怒骂,甚至有时候会与父母打起来。我的父母做小本生意，从来都是缺斤少两，每年交学费，他们也要跟老师讨价还价。读大学以前，我永远是班里最后一个交学费的人，不管我用何种方式与父母嬉笑着要钱，他们都会一律冷冷地回答："没钱。"他们不是没钱，他们只是想让钱在自己口袋里捂得烫手了，才万分不情愿地拿出来。

我也永远都是那个朋友最少的学生，不管我怎样拼命地往周围的小圈子里挤。我的同学总是当面指责我说：我们不想要骗子和小偷的女儿！我想给他们解释，尽管我的父母是坑蒙拐骗的人，但恶习是不会遗传的，我和他们中的每一个女孩子一样，善良、上进、懂得给人关爱。但这样的解释，奏效的时候并不是很多。大多数时候，我仍一个人孤零零地骑车上学。

但我从没有失望过，我相信父母甩给我的东西，我会干干净净地甩开去。

那是一段像莲花一样努力向上生长的过程，周围皆是淤泥，可是当我被赋予了生命，我就不会辜负这一段旅程，而且会开出一尘不染的洁白花儿来给世人看。

我在读到高三的时候，已经有三四个可以心心相通的朋友。他们去我的家里做客，不会因为父母的冷淡和自私而对我心生怨恨，他们知道我与父母是不一样的。甚至后来母亲因为偷了附近工厂的器具被拘留了一个月，成了小城人人皆知的新闻，但我的这些朋友，还是进门来礼貌地喊母亲"阿姨"，还是会鼓励我报考我最喜欢的英语。我的真诚和无忧，感染了他们。

后来我读了大学，身边没有人再知道我人品糟糕的父母。但每有朋友要去家中做客，我还是会把父母的待人习惯和盘托出，我只是想告诉他们，如果他们看到我父母的为人，请不要因此怀疑我对他们的诚意。我无法选择出身，但我可以选择自己走路的方式。难过的时候我最喜欢看一部叫《蝴蝶》的法国电影,影片里那个叫莉莎的8岁小女孩,她被单身母亲一次次忽略,但却从没有哭闹过。她依然是一个快乐的小孩子,知道只有想办法,才能让大人明白自己,让陌生人喜欢上自己。片中主题曲的歌词,我几乎倒背如流。

"为什么漂亮的花会凋谢?"
因为那是游戏的一部分。
"为什么有魔鬼又有上帝?"
为了让好奇的人有话可说。
"为什么木头会在火里燃烧?"
为了我们像毛毯一样的暖。
"为什么大海会有低潮?"
为了让人们说:"再来点。"
"为什么太阳会消失?"
为了地球另一边的装饰。
"为什么狼要吃小羊?"
因为它们也要吃东西。
"为什么是乌龟和兔子跑?"
因为光会跑没什么用。
"为什么天使会有翅膀?"
为了让我们相信有圣诞老人。

这是一个孩子眼里的世界,一个在黯淡里依然知道要快乐成长的孩子的世界。而我整个的年少时光,即是这样走过的。

✿ 安 宁

思维小语

　　对于一朵花而言,不管生长在淤泥地还是出生在清泉边,它都会努力绽放出自己的美丽。对于人来说,无论身处怎样的境地,不埋怨,不自弃,面向阳光,坚持做自己,擦去心灵的尘埃,清洗掉生活的污秽,同样能开出一朵出淤泥而不染的莲花来。　　(史宪军)

第**4**辑

选择你最需要的

美国前总统里根小时候想做一双鞋。

鞋匠问他:"你想要方头鞋还是圆头鞋?"

里根不知道该选择哪种鞋,

于是,鞋匠叫他考虑清楚后再来告诉他。

几天后,里根仍然举棋不定。

最后鞋匠对他说:"好吧,我知道该怎么做了。"

结果取鞋的时候,

里根发现鞋匠给自己做的鞋一只是方头的,

一只是圆头的。里根感到很纳闷,

鞋匠回答说:"等了你几天,你都拿不定主意,

当然由我来决定啦。这是给你一个教训,

不要让别人来替你作决定。"

人生需要选择。

如果你希望获得成功,那么就应在任何时候都选择你最需要的

东西,做你最需要做的事情。

做自己擅长的事

一个人所成就的事业，必然是这个人的特长，舍长取短是天下最愚蠢的人才干的事。

迈克生于一个物理学之家，父母都是物理界的知名学者。

父母都希望他们的孩子将来也成为物理学界泰斗，于是夫妇俩从小便向迈克灌输各种物理知识，但不知什么原因，小迈克却无论如何对物理提不起兴趣，却对经商情有独钟。他在夜里偷偷地学习有关商业及商业管理方面的知识，几乎到了如饥似渴的地步。

但他无法违背固执父母的意愿。成年后，他不得不到父亲所在的学校教物理。但他知道，物理绝不是他的所长，他相信，他的经商才能与商业知识，足以使他在商界成名。

终于，父母放弃了对他的要求，却不提供任何帮助。若干年后，积累了丰富商业知识的迈克终于在商场上有了自己的一块领地，成为英国首屈一指的房地产大亨。

一位哲人曾经说过："一个人所成就的事业，必然是这个人的特长，舍长取短是天下最愚蠢的人才干的事。"

超人的智慧、进取的态度、恒久的毅力和对目标的执著追求是成功的主要因素。如果我们用心观察那些成功的人，几乎都有上述特征。在这当中，脚踏实地做自己擅长的事，恐怕又算是一个法宝。

人生是短暂的,因为世界上没有人是万能的,每个人总会有自己不会做或不擅长做的事情。聪明人绕开短处,经营长处,把智慧用在自己擅长的方面,就很容易在人生的赛场上领先别人、领跑大众;而愚蠢的人则抛弃长处,经营短处,把心思和精力用在自己不熟悉或不擅长的方面,结果是永远落在别人的后面,永远在泥沼中跋涉,永远与成功无缘。

❋ 王文华

思维小语

每个人来到这个世界,要做的事情就是用自己最擅长的一面去经营人生、丰富生命,最终实现生命的意义和人生的价值。在成长过程中,你必须学会寻找和发现自己的长处,并尽最大努力让其发挥出光和热,来照亮和温暖我们的人生。

(史宪军)

舍得实在是一种哲学

蛇是在蜕皮中长大,金子在沙砾中淘出,按摩是疼痛后的舒服,春天是走过冬天的繁荣。

世界是阴与阳的构成,人在世上活着也就是一舍一得的过程。我们不否认我们有着强烈的欲望,比如面对金钱、权势、声名和感情，欲望是人的本性，也是社会前进的动力。但是，欲望这头猛兽常常使我们难以把握，不是不及，便是过之，于是产生了太多的悲剧：有人愈是要获得愈是获得不了；有人终于获得了却大受其害。会活的人，或者说取得成功的人，其实懂得了两个字：舍得。不舍不得，小舍小得，大舍大得。翻读古书，历史上有许多著名人物，韩信能胯下受辱方成大器；勾践卧薪尝胆终得灭吴；田忌与齐王赛马，以下驷对齐上驷、上驷对齐中驷、中驷对齐下驷，舍了小负之悲，得了全胜之喜。人是如此，万事万物何尝不也是这样呢？蛇是在蜕皮中长大，金子在沙砾中淘出，按摩是疼痛后的舒服，春天是走过冬天的繁荣。

回顾我们经历过的事吧，许多时候我们因没有小忍而坏了大谋，许多时候我们因吃了一点亏懊丧不已，不久却赢取了好利，为了保持我们的本真没有被一时的浮华迷惑，声名太盛则又使我们失去了行动的自在。舍舍得得、得得舍舍就充满在我们琐碎的日常生活中，演绎着成功和失败的故事啊。舍得实在是一种哲学，也是一种艺术。

❋ 贾平凹

🌸 思维小语 🌸

舍得，是一种人生智慧——有失必有得，有得必有失。人生正是在我们对得到与失去之间作出抉择时创造的。因此，要做一个成功的人，就必须本真、诚恳地面对得与失的抉择。把握自己，把握得失，舍得抛弃那些不该得到的东西，这决定着人生的成败。

（史宪军）

酱园里的蛙

当人久处一地时,总有"跳出去"的欲望,认为只有"跳出去"才能生活得更美好,却不知"跳出去"有时也很糟。

酱园里的一口空缸里,生活着一只蛙。

这只蛙非常的苦闷,水只有浅浅的水,天只有巴掌大的天,自己看到的仅限于缸的四壁和天上的流云,听到的仅是缸外临近的声音,其他再也感觉不到什么。如此的孤陋寡闻,如此单调的生活使它常常哀叹自己的境地:还不如一只井底之蛙!

叹息之余便去尽力想象缸外的天地,有足够大的水池可供游泳,有足够大的陆地可供跳跃,有足够大的空间可供远望。渐渐地它心中积起一个欲望——跳出去!

跳出去!跳出去!可是缸太深,水太浅,跳了数次却是连连碰壁。后来一夜大雨成全了它,水一下涨了半缸,它趁机一跃跳上了缸口。它不胜喜悦:"这下好了,终于可以跳出去了,终于可以跳出去了!"它欢呼着向缸外的空地跳出去,却不料"扑通"一声落进了毗邻的盐水缸里。于是,后果可想而知。

"跳出去,跳出去",这是人生常有的欲望。当人久处一地时,当人工作不如意时,总有"跳出去"的欲望,认为只有"跳出去"才能大显身手,只有"跳出去"才能生活得更美好,却不知"跳出去"有时也很糟。

王 邺

思维小语

很多时候,我们在不如意时的第一反应就是离开。似乎只有离开才有更精彩的人生,只有离开才有更美满的幸福,其实不然,如果没有找到令我们不如意的原因,而一味只谈"离开",很可能会在离开后情况会更糟糕。所以,看清情况,做好充分准备,才是"离开"的前提。

(史宪军)

选择你最需要的

在任何时候都选择你最需要的东西,做最需要做的事情,不要因为旁人的态度而改变你的选择。

很多时候,摆在我们面前的东西实在是太多,以至于往往难以取舍。不管怎样,最明智的做法就是:选择你最需要的。

有三个人要被关进监狱三年,监狱长允许他们三个人提一个要求。美国人爱抽雪茄,要了三箱雪茄。法国人最浪漫,要

086

一个美丽的女子相伴。而犹太人说,他要一部与外界沟通的电话。三年过后,第一个冲出来的是美国人,嘴里鼻孔里塞满了雪茄,大喊道:"给我火柴,给我火柴!"原来他忘了要火柴了。接着出来的是法国人。只见他手里抱着一个小孩子,美丽女子手里牵着一个小孩子,肚子里还怀着第三个。最后出来的是犹太人,他紧紧握住监狱长的手说:"这三年来我每天与外界联系,我的生意不但没有停顿,反而增长了 200%,为了表示感谢,我送你一辆劳斯莱斯!"诚然,在机会面前那三个人都是平等的,都可以选择自己需要的东西。问题在于,你要选择的是,对现在以及将来都是自己最需要的。

一家公司要招聘数人,因为那是一家规模很大、口碑很好的公司,所以前往应聘的人把办公室挤得水泄不通。于是,负责此次招聘的负责人就出来通知应聘者,让他们在楼道排队等候通知,然后逐个参加面试。就在办公室秘书出去把面试顺序告知应聘者的时候,意外发生了。由于不小心,她的脚踏了个空,身子晃了一下,整个人滚到楼梯下。秘书的裙子一下子被撕开了一道口子,整个大腿露了出来,她的脸刷地一下子变红了。秘书的脚也扭伤了,根本不能自己站起来,只能坐在地上发出痛苦的呻吟声。应聘队伍中的一个小伙子看到这个情景,二话不说脱下外套盖在秘书身上,还抱着她往办公室走去。霎时人群里响起了口哨声。几分钟后,公司负责人走到门口当众宣布,此次招聘的名额少了一名,因为他们已经决定录用那个小伙子。也许,很多人会认为,那个小伙子当时最重要的事情就是要参加面试,但是他身边的那个秘书正处在最尴尬的境地,举手之劳就可以替人解围,把需要留给最需要的人,那又何乐而不为呢?

不同的选择最终会带给你不同的生活。如果你希望在人生的每个阶段都能获得成功，那么就应该在任何时候都选择你最需要的东西，做最需要做的事情，不要因为旁人的态度而改变你的选择。这样，你就可以牢牢地握住每一次成功的机会。

❋ 李 琛

思维小语

选择决定生活。一个对人对己抱有良好心态的人，在面临选择时，往往能周全考虑，做出明智选择。最明智的选择，其实就是最需要的选择。做最必需的事情，面对最必需的旅程……这是人生成功的保证。

（史宪军）

大路的尽头没有宝

前人走过的路，并不一定通往成功。不可迷信经验，已被踏平的大路尽头，绝没有价值连城的宝藏供你们采掘。

传说在浩瀚无际的沙漠深处，有一座埋藏着许多宝藏的古城。要想获取宝藏，必须穿越沙漠，战胜沿途数不清的机关和陷阱。

很多人对沙漠古城里这样一批价值连城的财宝心驰神往，却又没有足够的勇气和胆量去征服沙漠以及杀机四伏的陷阱。这批珍贵的财宝,就这样在沙漠古城里埋藏了一年又一年。有一天,一个勇敢的人听爷爷讲了这个神奇的传说,决定去寻宝。勇士准备了干粮和水,独自踏上了漫长的寻宝之路。

为了在回程的时候不迷失方向,这个勇敢的寻宝者每走出一段路,便要做上一个非常明显的标记。虽然每进一步都充满艰险,勇士最终还是找出一条路来。就在古城已经遥遥相望的时候,这个勇敢的人却因为过于兴奋而一脚踏进布满毒蛇的陷阱,眨眼间便被饥饿的毒蛇吞噬。

沙漠再次陷入寂静。

过了许多年,终于又走来一个勇敢的寻宝人。他看到前人留下的标记,心想:这一定是有人走过的,既然标记在延伸说明指路人安全地走下去了,这路一定没错!沿着标记走了一大段路,他欣喜地发现路上果然没有任何危险。

他放心大胆地往前走,越走越高兴,一不留神,也落进同样的陷阱,成了毒蛇的美餐。

……

最后走进沙漠的寻宝人是一位智者。他看着前人留下的标记想:这些标记可不能轻信。否则,寻宝者为什么都一去不复返了呢?智者凭借着自己的智慧,在浩瀚无际的沙漠中重新开辟了一条道路。他每迈出一步都小心翼翼,扎实平稳。最终,这位智者战胜了重重险阻抵达古城,获得宝藏。

智者在临终前对自己的儿孙说:前人走过的路,并不一定通往成功。不可迷信经验,已被踏平的大路尽头,绝没有价值连城的宝藏供你们采掘。即使原来真有宝藏,那也早已经被那些更早踏上这条道路的人采掘干净了。

李智红

智者的智慧保全了他的性命，也帮他寻到了宝藏。这智慧其实非常简单，那就是——走自己的路。无论我们要做什么事情，想要比别人领先一步，更加成功，就绝对不能重走他人开辟的旧路，因为那里已无潜能可挖，已无潜力可寻。走自己的路，唱自己的歌，开拓出属于自己的生活。

（史宪军）

不要等到比原来还少

人的欲望是无法满足的，而机会却稍纵即逝；贪欲不仅让我难以得到更多，甚至连原本可以得到的也将失去。

　　小时候，有一次和祖父进林子去捕野鸡。祖父教我用一种捕猎机，它像一只箱子，用木棍支起，木棍上系着的绳子一直接到我隐蔽的灌木丛中。只要野鸡受撒下的玉米粒的诱惑，一路啄食，就会进入箱子。我只要一拉绳子就大功告成。

　　支好箱子，藏起不久，就飞来一群野鸡，共有九只。大概是饿久了，不一会儿就有六只野鸡走进了箱子。我正要拉绳子，又想，那三只也会进去的，再等等吧。等了一会儿，那三只非但没进去，反而走出来三只。我后悔了，对自己说，哪怕再有一只走进去就拉绳子。接着，又有两只走了出来。如果这时拉绳，还能套住一只，但我对失去的好运不甘心，心想，总该有些要回去吧。终于，连最后那一只也走出来了。

那一次，我连一只野鸡也没能捕捉到，却捕捉到了一个受益终生的道理：人的欲望是无法满足的，而机会却稍纵即逝；贪欲不仅让我难以得到更多，甚至连原本可以得到的也将失去。

✺ 澜　涛

❀思维小语❀

捕捉野鸡，就像捕捉人生中成功的时机，做好准备后，我们往往失败于内心贪婪的欲望，往往会失手于那些等待中的焦虑……捕捉时机，捕捉机遇，需要我们更加平心静气地把握时机。牢牢抓住机遇，不要等到它们都失去，才懊悔不及。

（王　蕴）

三句箴言

不懂得放下，只会越走越沉重。

一位商人经营失败，负债累累，苦闷至极。走投无路之际想剃度为僧,于是打点行装到了深山里的一座寺庙中。当他将想法向住持和盘托出后,住持婉拒,只说了一句话:"登山吧!"于是他向庙后的山上攀去。

商人见状,便亦步亦趋地跟着爬山。由于背着行囊,不一会儿就累得气喘吁吁。住持对商人说:"放下也是一种智慧呀!"商人便把行囊搁在一边,顿时感到轻松多了。商人想:不懂得放下,只会越走越沉重。看来,人生也像负重登山,该放下时就得放下。山太大、太高。商人性急,由于心急火燎,一会儿就大汗淋漓并崴(wǎi)了脚。住持慢吞吞地停下步子,找了块大青石招呼商人坐下歇歇,并给他的脚按摩。之后悠悠地说:"后生,从容也是一种操守啊!"商人联想到自己经商不是循序渐进,而是贪大求多,想一口吃成胖子,结果造成失利。住持的一句话又使他受益匪浅。

说说笑笑之中,不觉登上山顶,视野顿时开阔。万山如浪,尽在脚底,使人胸臆顿敞。住持意味深长地对商人说:"开阔也是一种境界啊!"

❀ 韩 杰

🌹思维小语🌹

住持在引导商人的同时也教会了我们:学会适时放弃,学会从容以对,学会开阔胸襟。这三句箴言,包含着人生智慧的哲理。放弃包袱,才能轻松前进;从容面对,才不会被贪欲冲昏了头脑;开阔胸襟,才能让自己不被琐碎的小事纠缠不休。想要成功,我们也要记住这三句箴言。

(史宪军)

不同的山坡

弯曲，并不是低头或失败，而是一种弹性的生存方式，是一种生活的艺术。

加拿大魁北克有一条南北走向的山谷。山谷没有什么特别之处，唯一能引人注意的是它的西坡长满松、柏、女贞等树，而东坡却只有雪松。这一奇异景色之谜，令许多人感到疑惑，后来，揭开这个谜的竟是一对普通的夫妇。

那是1993年的冬天，这对夫妇的婚姻正濒于破裂的边缘，为了找回昔日的爱情，他们打算做一次浪漫之旅，如果能找回那份爱情就继续生活，否则就友好地分手。他们来到这个山谷的时候，下起了大雪，他们支起帐篷，望着漫天飞舞的大雪，发现由于特殊的风向，东坡的雪总比西坡的大且密。不一会儿，雪松上就落了厚厚的一层雪。不过当雪积到一定程度时，雪松那富有弹性的枝丫就会向下弯曲，直到雪从枝上滑落。这样反复地积，反复地压，反复地弯，反复地落，雪松完好无损。可其他的树，却因没有这个本领，树枝被压断了。妻子发现了这一景观，对丈夫说："东坡肯定也长过杂树，只是不会弯曲才被大雪摧毁了。"少顷，两人像突然明白了什么，拥抱在一起。

生活中我们承受着来自各方面的压力，它们积累着，终将让我们难以承受。这时候，我们需要像雪松那样弯下身来，释下重负，才能够重新挺立，避免压断的结局。弯曲，并不是低头或失败，而是一种弹性的生存方式，更是一种生活的艺术。

思维小语

中国有俗语云：大丈夫能屈能伸。能屈能伸的人是心怀智慧的人，也是生存能力最强的人，是人们眼中真正的"大丈夫"。学会适当"弯曲"，才能让我们无论在顺境还是逆境都能从容面对，坦然处之。面对压力，我们选择弯曲还是断裂，全在我们自己。

（史宪军）

放弃是福

适时地放弃，有时可以得到更多；改变事事不放的心态，才可以改变强者生存的命运法则。

Discovery（发现）频道里有这样一部纪录片：在夏日枯旱的非洲大陆上，一群饥渴的鳄鱼陷身于快要干涸的池塘里，池塘里的水越来越少，最强壮的鳄鱼已经开始吃掉同类，眼看一场适者生存的竞争就要上演。

这时，一只勇敢的小鳄鱼却起身离开，迈向未知的大地。

而其他的鳄鱼，却不见离开，也许栖身在混水中，似乎总比迈向未知更安全些。池塘终于完全干涸了，唯一剩下的强者也在干渴中守着它残暴的王国死去，而那只毅然选择离开的小鳄鱼呢？却在离开的道路上找到了新的栖息地。

原来物竞天择，强者未必生存。适时地放弃，有时可以得到更多；改变事事不放的心态，才可以改变强者生存的命运法则。小鳄鱼的放弃，正是因为它懂得——留下最终不能生存，而离开则就有一分生的希望。正是这放弃，赐予了它全新的生命。

❋ 李　莉

思维小语

有时放弃才有希望，连小小的鳄鱼都明白这一点，更何况聪明的我们呢？的确，面对自己所拥有的，要做出舍弃和放弃的决定，可能是一件非常困难的事情，但我们应该记住，适时的放弃往往是美好未来的开始。

（史宪军）

真诚舍弃

当我们抱怨世事虚空、人情冷漠的时候,我们不妨先问问自己:你做过多少真诚的舍弃?

有个小伙子注意到阳台上他种的一盆迎春长长的枝条日渐向楼下伸展,就决定把它们拉上来固定好。但就在动手前,他打消了这个念头,他觉得这样做太小气。所以迎春很快就将一帘秀色挂在了楼下阳台。转眼是翌年春天,小伙子惊奇地发现一枝葡萄蔓攀上了他的阳台,俯身去看,却见一张美艳的脸仰起来冲他微笑。

原来,楼下人家感激小伙子的馈赠,作为回报,就种了棵葡萄让它攀上来……一来二去,楼上楼下就熟悉了。就在葡萄第二次成熟的时候,小伙子与楼下人家的女儿收获了他们成熟的爱情。

读了这个美丽的故事,我心里满是欣慰与感动。小伙子只是放手之间给别人送去了一帘绿色,却收获了意想不到的真诚和好运。

感慨之余,想起另一件事。我有一友,大学毕业后在一家工厂做事,因众所周知的原因,许多职工面临下岗,我的朋友业务一直很出色,可就在那时,他主动替一位死了妻子、一个人抚养孩子并还要照顾老人的工人下了岗。在他艰难地熬过两年时光之后,情况有了转机,工厂被一位到当地投资的华侨企业家承包了。老人得知朋友的义举后,赞叹不已,就让他坐上了总经理助理的交椅。

失之东隅,收之桑榆。尽管我们明白这个道理,但现实生活中,我们仍只是乐于获取,乐于牢牢抓住已有的一切,却不肯轻易付出。

所以,当我们抱怨世事虚空、人情冷漠的时候,我们不妨先问问自己:你做过多少真诚的舍弃?

❋ 赵功强

🌸 思维小语 🌸

对生活斤斤计较的人,试图抓牢一切,却往往会失去更多;不问回报,懂得为需要的人舍弃,愿意默默付出的人,却总会获得无意中的惊喜。如果懂得了为他人而真正舍弃,为别人而默默奉献,才会真正品尝到那种快乐的滋味。

(史宪军)

里根的鞋

如果自己遇事犹豫不决，就等于把决定权拱手让给了别人。一旦别人作出糟糕的决定，到时后悔的是自己。

美国前总统罗纳德·里根小时候曾到一家制鞋店做一双鞋。鞋匠问年幼的里根："你是想要方头鞋还是圆头鞋？"里根不知道哪种鞋更适合自己，一时回答不上来。于是，鞋匠叫他回去考虑清楚后再来告诉他。

过了几天，这位鞋匠在街上碰见里根，又问起鞋子的事情。里根仍然举棋不定，最后鞋匠对他说："好吧，我知道该怎么做了。两天后你来取新鞋吧。"

去店里取鞋的时候，里根发现鞋匠给自己做的鞋子一只是方头的，一只是圆头的。"怎么会这样？"他感到纳闷。"等了你几天，你都拿不定主意，当然由我这个做鞋的来决定啦。这是给你一个教训，不要让别人来替你作决定。"鞋匠回答。

里根后来回忆起这段往事时说："从那以后，我认识到一点，自己的事自己拿主意。如果自己遇事犹豫不决，就等于把决定权拱手让给了别人。一旦别人作出糟糕的决定，到时后悔的是自己。"

 汪析/编译

思维小语

　　人的一生,面临着无数的选择。选择自己想要的,拿定主意开启自己生活的大门,看似简单,实则艰难,因为其间有太多的顾虑和思考,太多的犹豫和辗转。不要把自己人生的钥匙交给别人掌管,而要自己把握好起飞的方向。

(史宪军)

一切由自己决定(节选)

你今天只有两种选择:你可以选择拥有好的情绪,也可以选择拥有坏的情绪。

　　杰尔是个古怪精灵的家伙,他心情总那么好,总是语出惊人。如果有人问"最近怎么样",他都会这样回答:"如果可以再好,我希望有个双胞胎兄弟。"

　　他是个出色的饭店经理,很多员工都甘愿跟随着他从一个饭店转到另一个饭店。员工们之所以这样做,完全是因为欣赏他的人生态度。他天生善于激励人,如果员工遇到糟糕的事,杰尔会告诉他,如何从积极的一面来看待。

　　杰尔的这种人生态度实在令我惊奇,有一天我问他:"我真是不明白,你总不能时时刻刻都保持积极的心态吧?你到底是怎样做到的？"

杰尔告诉我："每天早晨当我醒来时，我都会对自己说，嗨！小子，你今天只有两种选择：你可以选择拥有好的情绪，也可以选择拥有坏的情绪。我选择了前者。每当有扫兴的事情发生时，我可以成为它的牺牲品，也可以努力走出它的阴影，并从中吸取教训。每当有人向我抱怨什么的时候，我可以选择耐心倾听，不发表意见，也可以选择将事情积极的一面讲出来。总之，我总是选择生活中充满阳光的一面。"

其实我们每天都有充分的机会来选择生活。总之，态度决定一切。

🌸 [美]佛朗斯·巴尔塔则·舒瓦茨

🌹 思维小语 🌹

如果每天早上醒来的时候，我们都选择让阳光照亮心情，那么接下来的这一整天，就都会很快乐。总是用积极的态度来面对生活，人生的遗憾就会减少很多。快乐或忧愁，一切都由自己决定，打开心灵的一扇窗，美丽的风景就会扑面而来。

(毛淑芬)

你看见了甜甜圈还是黑洞

乐观者和悲观者之间的差别很微妙，乐观者看到的是甜甜圈，而悲观者看到的则是甜甜圈中间的黑洞。

有一家甜甜圈卖店前挂了一块招牌：乐观者和悲观者之间的差别很微妙，乐观者看到的是甜甜圈，而悲观者看到的则是甜甜圈中间的黑洞。

今天我接了一个老朋友的伊妹儿，内容是："我要被老板炒鱿鱼了，孩子还小，父母有病，往后该怎么活？"我自己今天也挺倒霉：责编的书的扉页上就出错了。作者名字中的"大"印成了"太"。这多余的一点一整天都印在我的脑子里，挥之不去。所以想写点东西振作自己，振作她，如果你也在沮丧，那也振作你。

当老师的妹妹说过一句话："困难有时像一座大山一样横在眼前，简直不可逾越。但事后才觉得那座'大山'不过是脚下的一个小土包。只要你没有驻足，只要你一直往前走，它其实对你的行进并无大碍。"我没有考证过这话是否为妹妹的原创，大概是吧。我也深信踏平坎坷是通途。

曾有两人结伴横过沙漠，已滴水无存。其中一个中暑倒下，另一个干渴难耐的健康人对难友说："好吧，你在这里等着，我去找水源。"他把手枪塞在难友的手里说："枪里有五发子弹，记住，三个小时后，每隔一小时对空中鸣枪一声。有枪声指引我，我会找到正确的方向，然后与你会合。"

一个满怀信心地去找水，一个满腹狐疑地在大漠中等待。等待者看表，按时鸣枪。"除了自己之外，谁还能听见这枪声呢？"他的恐惧加深，一会儿认为同伴已告失败，渴死途中，一会儿觉得同伴已找到水，弃他而去。该打第五枪时，他绝望地想："这是最后一颗子弹了，伙伴早已听不见我的枪声，等到这颗子弹用过之后，我还有什么依靠呢？我只有等死。而且，临死前，鹰会啄瞎我的眼睛，还不如……"他对准自己的太阳穴扣动了扳机。

不久，那提着满壶清水的同伴领着一队骆驼商旅寻声而至，但他们找到的却是一具尸体。

其实，在我的生命里，从比较小的年纪起就开始邂逅苦难了。时代划破了我，划破了一代人。那么多那么深的伤口向外翻着，流血的声音还在耳边。不短的岁月中，我是在以泪洗面的日子里度过的。无尽的泪水浇灌在命运分配给我的苦难上，催开一朵朵凄美的花。我承受过了磨砺，于是我丰富了，成长了，有了色彩。

如今，我在自己的心田中看到的依然是那一朵朵用细弱的根茎坚强成长着的花朵，而不是被苦难折磨得支离破碎的花朵。

朋友，世界真的挺美好的。日出是美的，日落也是美的；月圆是美的，月缺也是美的；人生的飞扬是美的，人生的沉稳也是美的；幸福是美的，不幸也是美的；微笑是美的，眼泪也是美的。只要我们善于发现，世界简直就是甜甜圈的连缀，你或许会说：也是黑洞的连缀。诚然，失业是一个黑洞，工作中出大差错也是一个黑洞，其他困苦统统是黑洞。黑洞的确可以连成一片，但它们毕竟不是我们要用宝贵的生命去找寻的东西。我们必须穿过它们去寻觅甜美的光亮的目标，如果实在找不到还可以亲手打造，哪里有什么过不去的坎儿。

甜甜圈卖店的那块招牌其实也揭示了快乐的本质。事实上我们肉眼看见的并非是事物的全貌，而是自己所寻求的东西。如果映入你眼帘的从来都是一个甜甜圈，那么生活中的甜蜜你可以一口接一口地品尝下去；如果凸显在你眼前的总是一个黑洞，那你的人生之旅便只好径直向着一个无底的黑洞去了。这一切都在于你的目光。

✸ 黄　帅

思维小语

夜，有人看到满天星光，有人看到无边黑暗。有人在黑夜中寻找光明，有人在黑夜中顿足痛哭。寻找光明的迎来了白日的曙光；顿足痛哭的埋怨希望来得太迟。同样的经历，不同的人看来，心中的感受是不一样的。乐观者愉快美好，知足常乐；悲观者苦恼烦闷，自怨自艾。

（赵　航）

意外，可能带来惊叹号

我父亲常说："做事要积极，态度要随和。"如果能随遇而安，哪怕是台风天，也可以有意义地过一天。

海棠台风的肆虐使得桃园机场关闭，一位来台演讲的美国学者因而滞留台湾9个小时，要晚一天才能到家，赶不上他孙子的受洗礼。为此，我深感不安，频频道歉。他一点都不在意地跟我说："不用道歉，那不是你的错，人如果要为天气道歉，那道歉就没完了。"然后他意味深长地说："凡事都先预约虽然使得生活有规律、做事有效率，但过分重视效率也会使人失去弹性，使生活失去品味。"

　　这句话很对，现代人为了实现效率而失去了弹性，事情一不按照预定的计划进行便感到受挫，怨天尤人。其实弹性是生存的一个很重要的条件，大自然充满了变数，所谓"人算不如天算"，世事常是说不准的。一个人没有弹性就无法随遇而安，而一个不肯随遇而安的人会使自己和周边的人神经紧绷，导致日子会过不下去。智者都有好几个替代方案，狡兔也有三窟，这样才能随机应变。在工业化的社会，时间即金钱的观念已经使得许多人变成了机器，一切要按照行程表进行，如果下一件事没有按照计划来办，便开始抱怨，追究是谁的责任。很少人有乘兴而来、兴尽而归，保有意尽心满的弹性。

　　这位教授因无奈被困在旅馆中，他便独自一个人漫步于仁爱路去体验台风。狂风骤雨的感觉使他想起了许多童年往事，包括小时候被飓风刮到河里差一点溺死，一个同学拼死救回他一命的事。回到旅馆他洗了一个痛快的热水澡后，便拨电话给这个朋友，想不到电话拨过去这个朋友正因为被告知得了癌症而极度沮丧，接到他的电话非常惊奇，两人谈了很久。他安慰这个朋友："上帝把你放在这个世界是有目的的，你是我的守护神，要等我走，你才能走。"这个朋友非常感激他的电话，跟他说："现在我们互不欠了。"表示这个电话救了他一命。他说如果不是台风他就不会跟这个朋友打电话，就不会适时报了这个恩。

人生不必什么都按照计划行事，偶尔的差错也许会有意外的惊喜，给自己一些弹性常会看到意想不到的景观。新奇与惊奇是促使大脑分泌多巴胺的因素。多巴胺的出现会使人有快乐的感觉，而一成不变的生活会使日子变成一潭死水。我父亲常说："做事要积极，态度要随和。"如果能随遇而安，哪怕是台风天，也可以有意义地过一整天。

❋ （台湾）洪 兰

思维小语

有计划的人，生活能得到很大改变；有弹性的人，生活能有很多惊喜；既有计划又有弹性的人，生活会幸福而美好。我们学习要有计划，但也要注意休息，劳逸结合；我们生活要有计划，但也要有闲暇，这样才不会手忙脚乱，才能更好感受到生活给予我们的惊喜与快乐。

（赵 航）

荷花向天空展示它的美丽，
小草则默默地为大地服务。
                ——[印度]泰戈尔

你尽最大努力了吗

卡特从海军学院毕业后，
对里·科费将军十分得意地谈起自己的成绩：
"在全校 820 名毕业生中，我名列第 58 名。"
听后，将军反问道："你为什么不是第一名?
你尽自己最大努力了吗?"
这句话使卡特惊愕不已，但他却牢牢地记住了这句话，
以此激励自己尽最大努力做好每一件事。
最后，他成了美国第 39 任总统!
付出多少，你便会收获多少。
因此，不要埋怨生活不公平，
你尽了最大努力，生活就会给你最丰厚的回报!

让石头漂起来

如果成功也有捷径的话,那就是赋予它足够的速度。

　　25 岁的舞蹈家黄豆豆,身兼数职:舞星、教师、艺术总监等,他每天早上 7 点起床跑步练功……风雨无阻,他总是停不下来。他个矮、下肢短,先天条件严重不足,但他却成为世界"舞"林高手。他说,他早就知道有个成功公式是:1% 的天赋加上 99% 的努力,但他身边没有这样的人,而他做到了,这令他倍感自豪。

　　25 岁,多少人的人生才刚刚起步,而他可以说是已经功成名就,令人羡慕。但黄豆豆仍然在与自己竞走,"永远停不下来",一旦做了某事,就要把它倾力做到最好,这是他的个性。如果有一天"停"了下来,他就会发胖,所以他必须一直保持一种飞翔的感觉。他不能失败,因为失败就意味着离开舞台,告别青春。

　　海尔集团首席执行官张瑞敏在一次中层干部会议上提出这么一个问题:石头怎样才能在水上漂起来?反馈回来的答案五花八门,有人说"把石头掏空",张先生摇摇头;有人说"把它放在木板上",张先生说"没有木板";有人说"石头是假的",张先生强调"石头是真的"……终于有人站起来回答说:"速度!"

张瑞敏脸上露出满意的笑容："正确！《孙子兵法》上说'激水之疾，至于漂石者，势也'。速度决定了石头能否漂起来。"

这让我想到了跳远、跳高、飞机、火箭……也想到"无法停下来"的黄豆豆，以他的身体条件，是成不了舞者的，但他最后却让石头漂了起来！石头总是要往下落的，但速度改变了一切，打水漂的经验告诉我们，石头在水面跳跃，是因为我们给了石头一个方向，同时赋予它足够的速度。

人生也是如此，没有人为你等待，没有机会为你停留，只有与时间赛跑，才有可能会赢。美国最负盛名的棒球手佩奇说：永远不要回头看，有些人可能会超过你。那个可爱的阿甘赢得美人归后，有人问他爱情心得是什么，他说："我跑得比别人快！"

早起的鸟儿有虫吃，赶在别人前头，不要停下来，这是竞争者的状态，也是胜利者的状态。如果成功也有捷径的话，那就是赋予它足够的速度。

❀ 罗　西

🌸思维小语🌸

背上行囊，在清晨就出发，这样我们才能赶在别人前头看到最美的日出；放飞梦想，用尽全身的力量，梦想就会像打水漂的石头那样在水面飞翔。人生也是如此，没有人为我们等待，也没有机会为我们停留，只有全力保持我们前进的速度，与时间赛跑，才能赢得最后的成功。

（毛淑芬）

主动人生

只有当你主动时，人生才会充满动力和乐趣，在成功的路上才越走越远。

美国工商管理学院的入学能力测试 GMAT 考试中，语法考试有一个特点，就是主动语态和被动语态的对错考试。在一般的英语语法中，主动语态和被动语态都被认为是正确的表达，但在 GMAT 考试中，假如一句话能用主动语态来表达而用了被动语态，就算是绝对的错误。比如说"作业被我做完了"一定要说成"我把作业做完了"才对。只有当实在找不到主动者时才能用被动语态，如窗户破了又不知道是谁打破的，才能说"窗户被打破了"。

为什么会是这样呢？其实，这种考试中对主动、被动语态的敏感区别，背后隐藏了一个重大的命题，那就是对考试的人面对所发生的事情用主动思维还是用被动思维的区别。一个习惯于用被动思维的人会不自觉地用被动的方式来回答问题。工商管理学院的学生，毕业后都要进入各大公司或机构做管理工作，管理工作中最重要的素质之一就是要有主动沟通、协调、解决问题的能力。凡是拥有主动心态的人，都比较容易成为出色的管理者。所以，GMAT 考的不是纯粹的语法问题，而是在语法背后隐藏的一个人的心态趋向。

是的，人之所以被动，主要的原因是心中没有真正重大的事情要做或心中没有远大的目标要实现。只有当你主动时，人生才会充满动力和乐趣，在成功的路上才会越走越远。所以，一生中常用主动意识，在生命中是十分重要的。

❋ 薛峰

思维小语

学会用主动的目光重新打量这个世界，我们会有许多全新的体验。在"我"的世界里：作业不再枯燥，因为我在为自己汲取知识；考试不再烦恼，因为我在检验自己的能力；运动不再疲惫，因为我在为自己锻炼身体……从现在开始主动面对每一件事情，充满新鲜和动力的人生才会越走越快乐！

（毛淑芬）

吴士宏面试

保持昂扬向上的姿态从容踏步，才不会错过每一处精彩的风景。

经过 1999 年秋季媒体的狂炒，吴士宏已成为现代人耳熟能详的名人。在吴士宏努力向上的过程中，以她初次到

IBM面试那段最为精彩。

当时还是个小护士的吴士宏，抱着个半导体学了一年半许国璋英语，就壮起胆子到IBM来应聘。

那是1985年，站在长城饭店的玻璃转门外，吴士宏足足用了五分钟时间来观察别人怎么从容地步入这扇神奇的大门。

两轮的笔试和一次口试，吴士宏都顺利通过了。面试进行得也很顺利。最后，主考官问她："你会不会打字？"

"会！"吴士宏条件反射般地说。

"那么你一分钟能打多少？"

"您的要求是多少？"

主考官说了一个数字，吴士宏马上承诺说可以。

她环顾了四周，发现现场并没有打字机，果然考官说下次再考打字。

实际上，吴士宏从未摸过打字机，面试结束，她飞也似的跑了出去，找亲友借了170元买了一台打字机，没日没夜地敲打了一个星期，双手疲乏得连吃饭都拿不住筷子，但她竟奇迹般地达到了考官说的那个专业水准。

过了好几个月她才还清了那笔债务，但公司也一直没有考她的打字功夫。

吴士宏的传奇从此开始。

如何抓住转瞬即逝的机会，是任何人、任何教科书都教不会你的，只有你的素质积累到了那个水准，灵感的火花才会迸发。

 丽　钧

思维小语

　　彩虹的美丽，只有经历过风雨仍望向天空的人才能领悟到；在人生这条风雨兼程的路上，保持昂扬向上的姿态从容踏步，才不会错过每一处精彩的风景。从现在开始就积累我们的力量吧，自信而从容，紧紧抓住瞬间就可能错失的机会，才能开启精彩的人生！

（毛淑芬）

永远都要坐前排

无论做什么事情，你的态度决定你的高度。

　　20 世纪 30 年代，英国一个不出名的小镇里，有一个叫玛格丽特的小姑娘，自小就受到严格的家庭教育。父亲经常向她灌输这样的观点：无论做什么事情都要力争一流，永远在别人前头，而不能落后于人。"即使是坐公共汽车，你也要永远坐在前排。"父亲从来不允许她说"我不能"或者"太难了"之类的话。

　　对年幼的孩子来说，他的要求可能太高了，但他的教育在以后的年代里被证明是非常宝贵的。正是因为从小就受到父亲的"残酷"教育，才培养了玛格丽特积极向上的决心和信心。

在以后的学习、生活或工作中，她时时牢记父亲的教导，总是抱着一往无前的精神和必胜的信念，尽自己最大努力克服一切困难，做好每一件事情，事事必争一流，以自己的行动实践着"永远坐在前排"。

玛格丽特上大学时，学校要求学五年的拉丁文课程，她凭着自己顽强的毅力和拼搏精神，硬是在一年内全部学完了。令人难以置信的是，她的考试成绩竟然还名列前茅。

其实，玛格丽特不光是学业上出类拔萃，她在体育、音乐、演讲及学校的其他活动方面也都一直走在前列，是学生中凤毛麟角的佼佼者之一。当年她所在学校的校长评价她说："她无疑是我们建校以来最优秀的学生，她总是雄心勃勃，每件事情都做得很出色。"

正因为如此，四十多年以后，英国乃至整个欧洲政坛上才出现了一颗耀眼的明星，她就是连续四年当选保守党领袖，并于1979年成为英国第一位女首相，雄踞政坛长达11年之久，被世界政坛誉为"铁娘子"的玛格丽特·撒切尔夫人。

"永远都要坐在前排"是一种积极的人生态度，激发你一往无前的勇气和争创一流的精神。在这个世界上，想坐前排的人不少，真正能够坐在"前排"的却总是不多。许多人所以不能坐到"前排"，就是因为他们把"坐在前排"仅仅当成了一种人生理想，而没有采取具体行动。那些最终坐到"前排"的人，之所以成功，是因为他们不但有理想，更重要的是他们把理想变成了行动。

一位哲人说过：无论做什么事情，你的态度决定你的高度。撒切尔夫人的父亲对孩子的教育给了我们深刻的启示。

 孙　毅

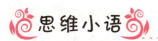

思维小语

想要尽可能地靠近梦想,有一个办法最简单,那就是"永远坐在前排"。这样的信念会鼓励我们,不论做什么事情,都会努力去克服困难,让自己表现出最好的一面。一直这样想,也一直这样做,把人生理想变为实际的行动,我们就能把每件事都做得很出色!

（毛淑芬）

掌 握 主 动

无论面对结果多么糟糕的烦恼和痛苦,你都能掌握主动。

上周,我是宾夕法尼亚州委员协会的主旨发言人。每当听完我的演讲,人们情不自禁地告诉我他们自己的故事的时候,我总是感到既自豪又开心。这让我知道我说的事触动了他们的心灵或鼓舞了他们的精神,这正是我的目标。

那天早些时候,一位来自该州与我同地区的先生对我讲了这个故事。他讲到了战争。

他曾在德国参战,经历过那段艰难的岁月。但直到他听我讲到"扭转你的逆境,控制显然超出你的控制能力"的情况时,他才想起了这个亲身经历的故事。

"说我们打败了这群德国士兵，其实他们只是放弃了。我站在一旁，几个我们的人让德国人排队集合，一个接一个地收缴德国士兵的私人物品。一些身材高大的士兵毫不挣扎地就听凭没收了手表、戒指和钱包。几个人哭泣着恳求留下他们的结婚戒指和照片，但是没有用，这就是战争。"他用一种谦低温柔的声音说。

"突然，一个站在我身边的德国人回过头，好像在找他认识的人，他抓起我的手，把他的手表放在我的手上。我一时怔住了。在附近所有的美国士兵中他选择了我。"他继续说。

他暂停片刻，看着地板，那一情景重新在他脑海里鲜活起来，他说："他掌握主动。知道会有人拿走他的一切——与其让人抢走——那个德国士兵选择了把它作为礼物送给他选中的人，我。"

我们所有的人都清楚战争的残暴，但让我们永远不要忘记每个参战者心中的挣扎和冲突。你现在所经历的，无论面对结果多么糟糕的烦恼和痛苦，你都能掌握主动。我鼓励你像罗伯特·H.舒勒对我们说的那样来做："把你的伤痕变成勋章。"

※ [美]鲍勃·伯克思　萧善匀/译

思维小语

很多时候，我们不能选择周围的环境，但是我们可以选择自己的表情。在最糟糕的处境中，还能给自己一个微笑，那么，我就还不是最难看的失败者！在力所能及时，主动做点什么，就能改变一些什么；我们逐渐地改变了一些什么，也就逐渐地改变了原本是另一种样子的整个人生！

（毛淑芬）

老板与地板

勇于从不起眼儿的小事做起的人,才可能有出息,有所作为。

浙商张文荣做客《天下浙商》电视专栏。作为拥有亿万资产的公司董事长,他向主持人袒露了成功背后的一件举足轻重的"小事"。他说,他要永远感激一个人,他的爷爷。

20年前,张文荣高考落榜,每天为找工作犯愁。"振作起来,孩子,走,出去转转!"爷爷鼓励他。

"去哪儿?"张文荣望着爷爷慈祥的脸,有些茫然。"只要你跟我走就是。"爷爷语气坚定得令人毋庸置疑。

爷爷带他去的地方竟是他再熟悉不过的露天市场。

他们在一位卖棒冰的年轻人身边停下来。三伏天,市场闷热得像个蒸笼,卖棒冰的年轻人大汗淋漓,但一门心思地做着生意,没舍得吃一串棒冰,为自己降降温。张文荣对那年轻人投以不屑的一瞥,年轻人却全然不予理会,过来热情地和他们打招呼:"来两串,爷们!甜脆可口,解暑去温。包你下一次还来买。"话到手到,两串棒冰已举到他们面前。张文荣催爷爷离开,爷爷却意外地买下了两串棒冰:"真是了不起的年轻人,英雄啊!"爷爷发出了一连串"英雄啊"的赞叹。这令张文荣很是诧异。过后问爷爷,为什么如此欣赏他。

爷爷问张文荣："这活计,你能干吗?"

张文荣摇摇头。

"为什么?怕人家笑话,怕丢面子,是吧?"爷爷说出了张文荣的心思,继而正色道,"然而,这正是他最可贵的地方!他能干得来,你却不屑于去干。他和你一样,也是年轻人,他难道不怕人家笑话吗?"

"我要干,就干个项目。找个更体面的事来做!"张文荣雄心勃勃地说。

"你错了!"爷爷严厉地反诘道,"那年轻人何尝没有你的想法?何尝不想找个更体面的事做呢?"

张文荣沉默了。

"记住,这个世界没有什么事做不来。机会不会自动上门来找你。要面子,就不要怕丢面子!况且,那年轻人是靠自己流汗做生意,有什么不体面的呢?"

爷爷的话深深刺伤了张文荣的虚荣,深深地震撼了他。他决定也和那年轻人一样去试一试。

听说孙子也要卖棒冰,70岁的爷爷高兴得几乎跳起来:

"孙子是好样的,将来你会有出息的!"

正是爷爷的鼓励和引导,使年轻的张文荣走上了艰苦的经商之路。初起小打小闹,做小本生意。市场是一个老师。悟性较高的文荣,渐渐从市场学到了"你无我有,你有我优,你优我新,你新我转"的经营策略。激烈的市场竞争锤炼了张文荣乐观自信、坚忍不拔的性格。

20年后,他发达了,成了拥有亿万资产的公司老板。

在接受采访时,他说:"人不可能天生就是老板,注定做大事的,勇于从不起眼儿的小事做起的人,才可能有出息,有所作为,温州人当得了老板,也睡得了地板。是爷爷教会我这一切的。"

地板、老板，一字之差，意思相去甚远。但二者何尝没有必然的联系呢？张文荣的人生经历不正说明了这一点吗？

❋ 林伯春

思维小语

心高气傲的人梦想一步登天，望不见脚下的路，他的梦想就只能是空想；脚踏实地的人，每一步都留下了一个脚印，他的行程也就越来越远。只有从点滴小事做起，才能完成从无到有的积累、从大到小的发展，才能拥有我们真正的事业！

（毛淑芬）

25年与经验

我们不能只满足于过去的经验，而要为自己不断确立前进的目标，让自己走得更高更远。

某公司一名职员在该公司工作了整整25年。25年来，他在这家公司的同一个部门用同样的方法工作，他拿的薪水也是多年不变。一天，他去找公司老总，要求增加工资，晋升职务。他的理由是："我毕竟有25年的工作经验了。"

"我亲爱的伙计，"老总叹了口气说，"你并没有25年的工作经验，25年来你只有一种工作经验。"

通常，我们大都仅仅满足于一种经验，满足于一次成功，而不是继续进取，进一步充实自己，进一步增加自己的阅历。

生命并不是成功的那一瞬间，而是一个成长的过程。我们不能只满足于过去的经验，而要为自己不断确立前进的目标，让自己走得更高更远。

❋ 万　新/编译

思维小语

成功的山峰，是由一个又一个阶梯搭建而成的，我们只有不断地提升自己，努力地向最高处追寻，才能体会胜利的喜悦。只在水平路面上不费力行走的人，成功也就永远只是高处的风景。只有不断地进取发奋，我们才能让自己变得更出色，才能实现更远更高的目标。

（毛淑芬）

你尽最大努力了吗

你为什么不是第一名？你尽自己最大努力了吗？

生活中，经常听到一些人叹息："我觉得这件事已经做了努力，可就是……"好像做任何事情都是轻而易举的事，只要稍费一点劲，成功就应该属于他似的。诚然，努力是做好事情的前提,但努力也有个程度问题。许多时候,你不作最大努力就不能获得成功。有时,你尽管作出最大努力,也不一定成功,但毕竟"尽志无悔",总比没有尽力以后再后悔要强得多!请问,你尽自己最大努力了吗?

1946年,年轻的吉米·卡特从海军学院毕业后,遇到了当时的海军上将里·科费将军。将军让他随便说几件自认为比较得意的事情。于是,踌躇满志的吉米·卡特得意洋洋地谈起了自己在海军学院毕业时的成绩:"在全校820名毕业生中,我名列第58名。"他满以为将军听了会夸奖他,孰料,里·科费将军不但没有,反而问道:"你为什么不是第一名?你尽自己最大努力了吗?"这句话使吉米·卡特惊愕不已,很长时间答不上话来。但他却牢牢地记住了将军这句话,并将它作为座右铭,时时激励和告诫自己要不断进取,永不自满和松懈,尽最大努力做好每一件事情。最后,他以坚忍不拔的毅力

和永远进取的精神登上顶峰,成为美国第39任总统!卸任后,吉米·卡特在撰写自己的回忆录时,曾将"你尽最大努力了吗"这句话作为标题。

吉米·卡特的故事,或许给我们一些有益的启迪。其实,细想一下,"你尽最大努力了吗"这句话确实不无道理。俗话说得好,"天不负人",你付出多少,便会得到多少。因此,不要埋怨生活,不要哀叹命运,你尽了最大努力,生活就会给你最丰厚的回报!请问,你尽自己最大努力了吗?

❀ 周洪涛

鹰背上的小鸟

只要你愿意,你就可以飞得更高一些!

当我还是一个小女孩的时候,母亲给我讲过一个故事:有几只鸟在争论,谁能飞得更高,最后它们决定来一场比赛。鹰觉得它肯定能飞得最高,它就越飞越高,直到它不能再往上飞了。这时候其他的鸟都已经回到地上,只有鹰高高地飞在天上没有回来。但是它没有想到,在它的背上趴着另一只很小的小鸟。当鹰已经飞不动的时候,这只小鸟从它的背上飞了起来,飞得比鹰还要高。我之所以喜欢这个故事,是因为它像我们的生活,我们每个人都可以飞得更高一些。但是我们能飞多高呢? 在很大程度上要依靠我们下面的那只鹰。我想,在我生活中帮助过我的那些人,就像那只鹰,像那只鹰身上的羽毛,每一根羽毛都能帮助我飞得更高。

当我才 10 岁的时候，我有一个疯狂的梦想，想到非洲去。所有的人都笑话我，只有我的母亲支持我。因为在那个时代，我们家甚至连一辆自行车都买不起，而非洲被大家认为是一个几千英里以外的遥远的地方，谁能想得到我们能有钱到非洲去呢？这是难以想象的事情。但是我母亲说，珍，如果你真的想做到这一点的话，你就应该努力地工作，永远不要放弃，将来总有一天，你能够实现它。我没有走正规的方式从中学到大学，然后毕业以后再到非洲去。我当时用了 5 个月的时间到餐馆去打工，攒够能往返非洲的船票的钱。然后，在 23 岁那一年，我和家里人告别，从此踏上了一条神奇的探险的道路，而这条道路直到今天还没有结束。

菲菲是我从开始研究黑猩猩到现在仍然活着的唯一的一只黑猩猩，现在已经 42 岁了。它有时候会坐下来很悲哀地看着我。早年的日子里那些人那些其他的黑猩猩早都去世了，早年发生的事情只有我和菲菲记得。但有一件事：我永远不知道它内心深处在想什么，我也不知道它是怎么想我的。虽然经过了 40 多年，黑猩猩的内心世界对我仍然是个秘密。

✿ ［英］珍·古道尔

❀ 思维小语 ❀

站在巨人的肩头上，才能看得更远；树立高远的目标，我们的追寻才变得不同寻常。如果从一开始，为自己选择的就是一条平庸的道路，即使我们不断努力，也很难拥有非凡的人生。我们的生活就是这样，只要你愿意，你就可以飞得更高一些！

（毛淑芬）

有志者，事竟成

没有什么注定不能，只要你从现在就开始去做！

一天，明朝的医学家李时珍出诊归来，渔民老庞又焦急地把他请走了。原来老庞的妻子得了急病，就请江湖医生开了个方子，不料把药服下去后，病情反而更加重了。

到了庞家，李时珍把江湖医生开的药方看了几遍，没有发现什么问题，便倒出药渣查看，结果发现药渣里面竟有"虎掌'，这是药方上没有开的药，而在药方上开了的"漏篮子"，药渣里面却又没有。于是李时珍断定，这是药铺发错了药。

老庞一听，大骂药铺老板。可李时珍却说："这要怪旧《本草》书，《日华本草》说'漏篮子又名虎掌'，这是错的，所以药铺老板才配错了药。"

回到家里，李时珍一直琢磨这件事，决心要自己编写一部新"本草"。他父亲听了，说："重修本草，只靠私人的力量是办不到的。许多旧'本草'，都是官方修成的。"李时珍想，等待官家修订"本草"，不知要等到何年何月，不知还会有多少人因发错药而受害。于是下定决心：一定要编出一部新本草来。他重新研读旧"本草"，在研读过程中，他摘引资料，写了大量的读书笔记。

公元 1552 年，李时珍 35 岁，开始了编写《本草纲目》的工作，他"搜罗百氏"，"访采四方"，常常头戴斗笠，肩背药篮，带领徒弟庞宪、儿子建元一起，亲自到山林、田野、江湖去观察、采集药物标本，广泛搜集民间治病的经验，虚心向当地群众学习、请教。农民、渔民、猎人、樵夫、药农、果农、老菜农、工匠等，都成了李时珍的老师和朋友。他的足迹遍及大江南北，对祖国的药用植物、动物、矿物作了广泛的实际考察，还亲自对一些药物进行栽培、炮制和临床试用。在李时珍 61 岁那年，《本草纲目》经过三次修改，终于脱稿了。

《本草纲目》收载药物 1892 种，药方 11096 个，插图 1110 幅，成为我国的医药经典。

❋ 陈堂君

🌹 思维小语 🌹

命运是怎样被我们把握并开始改变的呢？当我们明确了自己的目标，并立刻开始努力的时候，命运就掀开了新的篇章。总有些事情，在我们看来是非常困难、不可能实现的；也总有些事情，在一点一滴的努力过程中，逐渐改变了原来的样子。没有什么事情注定不能，只要你从现在就开始去做！

（毛淑芬）

将军和驴子

有些人十年的经验，只不过是一年的经验重复十次而已。

古罗马皇帝哈德良曾经碰到过这样一个问题。

皇帝手下的一位将军，觉得他应该得到提升，便在皇帝面前提到这件事，以他的长久服役为理由。"我应该升到更重要的领导岗位"，他报告，"因为，我的经验丰富，参加过十次重要战役。"

哈德良皇帝对人及才华有着高明的判断力，他并不认为这位将军有能力担任更高的职务，于是他随意指着绑在周围的战驴说：

"亲爱的将军，好好看这些驴子，它们至少参加过二十次战役，可他们仍然是驴子。"

经验与资历固然重要，但这并不是衡量能力才华的标准。许多聪明的老板认为：有些人十年的经验，只不过是一年的经验重复十次而已。

年复一年地重复一种类似的工作，固然很熟练，但可怕的是这种重复已然阻碍了心灵，扼杀了想象力与创造力。

思维小语

　　富有创意和想象力的心灵,让我们的世界变得越来越美好,因为它们创造了比以前更优越更舒适的生活条件。不满足于重复自己,才能在竞争激烈的现代社会中站稳自己的位置;满足于重复就意味着落后,就要被高速发展的社会淘汰到底层,也就失去了参与竞争的资格。

(毛淑芬)

愿望与成功之间

有些事情一些人之所以不去做,只是他们认为不可能。有许多不可能,只存在于人的想象之中。

　　1864年,美国南北战争结束,一位叫马维尔的记者采访林肯。

　　记者:据我所知上两届总统都曾想过废除黑奴制,《解放黑奴宣言》也早在他们那个时期就已草就,可是他们都没拿起笔签署它。请问总统先生,他们是不是想把这一些伟业留下来,给您去成就英名?

　　林肯:可能有这意思吧。不过,如果他们知道拿起笔需要的仅是一点勇气,我想他们一定非常懊丧。

　　这段话发生在林肯去帕特森的途中,马维尔还没来得及

127

继续问下去，林肯的马车就出发了，因此，他一直都没弄明白林肯的这句话到底是什么意思。直到1914年，林肯去世50年后，马维尔才在林肯致朋友的一封信中找到答案。在信里，林肯谈到幼年的一段经历：

"我父亲有一处农场，上面有许多石头。正因如此，父亲才能以较低价格买下它，有一天，母亲建议把上面的石头搬走。父亲说如果可以搬走的话，主人就不会卖给我们了，它们是一座座小山头，都与大山连着。"

"有一年，父亲去城里买马，母亲带我们在农场劳动。母亲说：'让我们把这些碍事的东西搬走，好吗？'于是我们开始挖那一块块石头，不长时间，就把它们弄走了，因为它们并不是父亲想象的山头，而是一块块孤零零的石块，只要往下挖一英尺，就可以把它们晃动。"

林肯在信的末尾说，有些事情一些人之所以不去做，只是他们认为不可能。有许多不可能，只存在于人的想象之中。

读到这封信时，马维尔已是76岁的老人了，也就是在这一年，他正式下决心学外语。据说，1922年，他在广州采访孙中山时，是以流利的汉语与孙中山对话的。

❀ 刘燕敏

🌸思维小语🌸

生活中有很多不可能，它只是我们意识里的不可能，而并非行动上的不可能。不要被别人的经验和他们认为的困难吓倒，自己去尝试一下，也许，那对你来说根本就不是困难，你所需要的仅仅是行动的勇气和决心。

（赵　航）

第**6**辑

关照别人就是关照自己

有一天，因为下雨，
沃尔逊小镇镇长门前花圃旁的小路变得泥泞不堪，
于是行人就从花圃里穿行，把花圃弄得一片狼藉。
镇长见状便挑着一担炉渣铺在了泥泞里，
结果，再也没人从花圃里穿过了。
镇长笑着对旁人说：
"你看，关照别人就是关照自己，有什么不好？"
关照别人，需要的只是一点点的理解与大度，
却能为你赢来意想不到的收获。
关照别人，就是关照自己的最好的方式之一，
也是一条通向成功的最好的路。

为自己铺路

在前进的路上，搬开别人脚下的绊脚石，有时恰恰是为自己铺路。

有这样两个小故事，说出来与大家一块儿分享。

第一个故事：在一场激烈的战斗中，上尉忽然发现一架敌机向阵地俯冲下来。照常理，发现敌机俯冲时要毫不犹豫地卧倒。可上尉并没有立刻卧倒，他发现离他四五米远处有一个小战士还站在那儿。他顾不上多想，一个鱼跃飞身将小战士紧紧地压在了身下。此时一声巨响，飞溅起来的泥土纷纷落在他们的身上。上尉拍拍身上的尘土，抬头一看，顿时惊呆了：刚才自己所处的那个位置被炸了两个大坑。

第二个故事：古时候，有两兄弟各自带着一只行李箱出远门，一路上，重重的行李箱将兄弟俩都压得喘不过气来。他们只好左手累了换右手，右手累了又换左手。忽然，大哥停了下来，在路边买了一根扁担，将两个行李箱一左一右挂在扁担上。他挑起两个箱子上路，反倒觉得轻松了很多。

把两个故事联系在一起也许有些牵强，但它们确实有着惊人的相似之处：故事中的小战士和弟弟是幸运的，但更加幸运的是故事中的上尉和大哥，因为他们在帮助别人的同时也帮助了自己！

在我们的人生大道上，肯定会遇到许多为难的事。但我们是不是都知道，在前进的路上，搬开别人脚下的绊脚石，有时恰恰是为自己铺路？

※ 颜 丽

思维小语

在自己力所能及的范围内，帮助处于困境中的人，是一种快乐；在帮助别人的同时，刚好解决了自己的问题，则是一种惊喜。我们每一个人，都是社会这张大网的节点，互相联系，不可分离；每一个节点都互相帮助，彼此依靠，这张网才会织得和谐而紧密。

（毛淑芬）

关照别人就是关照自己

关照，是一种最有力量的方式，也是一条最好的路。

美国黑人杰西克·库思是当时美国一家名不见经传的小报记者。因为种族歧视，在那家报社中他感到四面楚歌，受人排挤。与别人交往更成了他最头疼的事情。

那时，美国的石油大王哈默已蜚声世界，报社总编希望几位记者能采访到哈默，以提高报纸的声誉与卖点。

杰西克便在心底暗暗发誓，一定要独立完成稿子，让他们不敢轻视自己。

有一天深夜，杰西克终于在一家大酒店门口拦住哈默，并诚恳地希望哈默能回答他的几个简短问题。

对杰西克的软磨硬泡，哈默没有动怒，只是和颜悦色地说："改天吧，我有要事在身。"

最后迫于无奈，哈默同意只回答他一个问题。杰西克想了想，问了他一个最敏感的话题："为什么前一阵子阁下对东欧国家的石油输出量减少了，而你最大的对手的石油输出量却略有增加。这似乎与阁下现在的石油大王身份不符。"

哈默依旧不愠不火，平静地回答道："关照别人就是关照自己。而那些想在竞争中出人头地的人如果知道，关照别人需要的只是一点点的理解与大度，却能赢来意想不到的收获，那他一定会后悔不迭。关照，是一种最有力量的方式，也是一条最好的路。"

哈默离去后，杰西克怅然若失地呆站街头。他以为哈默只是故弄玄虚，敷衍自己。当然那次采访也没有收到预想的效果，他一直耿耿于怀，对哈默的那番不着边际的话更是迷惑不解。

直到10年后，他在有关哈默的报道中读到这样一段故事——在哈默成为石油大王之前，他曾一度是个不幸的逃难者。有一年冬天，年轻的哈默随一群同伴流亡到美国南加州一个名叫沃尔逊的小镇上，在那里，他认识了善良的镇长杰克逊。

可以说杰克逊对哈默的成功起了不可估量的作用。

那天，冬雨霏霏，镇长门前的花圃旁的小路便成了一片泥淖(nào)。于是行人就从花圃里穿过，弄得花圃里一片狼藉。哈默替镇长痛惜，便不顾寒雨染身，一个人站在雨中看护花圃，让行人从泥淖中穿行。这时出去半天的镇长笑意盈盈地挑着一担炉渣铺在泥淖里。

结果，再也没人从花圃里穿过了。最后镇长意味深长地对哈默说："你看，关照别人就是关照自己，有什么不好？"

从这个故事中，杰西克也终于领悟到，每个人的心都是一个花圃，每个人的人生之旅就好比花圃前的小路。而生活的天空又不尽是风和日丽，也有风霜雪雨。那些在雨中前行的人如果能有一条可以顺利通过的路，谁还愿意去践踏美丽的花圃，伤害善良的心灵呢？

从那以后，杰西克与报社其他同事坦诚相处。他知道，理解和大度最容易缩短两颗敌视的心之间的距离，而关照就是两颗心之间最美的桥梁。

同事们不再排挤他了，亲切地喊他"黑蛋"。而直到多年后，他卸下报社主编的重担，一人隐居乡间安享晚年的时候，围着他蹦蹦跳跳的不同肤色的孩子们也喊着他"黑蛋"，因为，他的邻居们真的已记不得他叫什么名字了。

✳ 藩　炫

🌀 思维小语 🌀

宽容比对抗更有力量。宽容只需要付出一点理解与关照，就有可能获得别人的理解与善待；对抗需要聚积全部的力量，却只能得到相同的阻力。用一种柔和的方式化解僵局，把道路拓宽，别人可以顺利通过，我们自然也就能走得舒心了！

（毛淑芬）

征友启事

真正宽广的心灵，不会拘泥于周围的束缚，而是向往更广阔的天空。

　　毛泽东善交朋友，他在进入第一师范初期，就在同学中结交了一些志同道合者，其中包括蔡和森、何叔衡、张昆弟、陈昌、陈绍休等人。他们大都来自农村，家境比较贫寒，因而经常聚集在一起研究治学做人的道理，讨论个人和国家的前途等问题。

　　即使如此，毛泽东仍然感到自己身边的朋友少，活动的范围太窄。他日益认识到：少年学问寡成，壮岁事功难立；单靠学堂一天上几节课是不行的，必须多结朋友，以求学业广博，报效国家。

　　但是，到哪里去找这些志同道合的人，怎样去找呢？毛泽东左思右想后，终于想出了一个非凡之举——征友。

　　1915 年暑假过后，已是 22 岁的毛泽东向长沙各学校发出了一则《征友启事》。启事是他自己刻蜡板油印的，只有几百字，内容大意是：愿意和有爱国热情的青年结为朋友，愿意和那些不怕艰苦，不怕困难，能够为国为民献身的志士通信联络。启事最后说，要"愿嘤鸣以求友，敢步将伯之呼"，以表示迫切求友的心情。启事的署名是"二十八画生"，通信处是"来信由第一师范附属小学陈章甫转交"。在邮寄启事的信封上还注明"请张贴在大家看得见的地方"。

这个"征友启事"不仅寄往长沙各个学校,而且在长沙的几个城门口和照壁上也贴了出来。但是毛泽东这样的行为,当时一般人都很难理解。有一些头脑守旧的校长,觉得"二十八画生"一定是个怪人,征友是不怀好意,于是把启事没收,不准张贴。湖南省立第一女子师范学校一个姓马的校长,竟然认为这个启事是为了找女学生谈恋爱的。他按照启事上写的通信处亲自去一师附小找到了陈章甫,又亲自去第一师范,找到校长,打听"二十八画生"究竟是个什么人。从他们那里,这位马校长才得知"二十八画生"原来名叫毛泽东,是个品学兼优、受到师生称赞的好学生;征友是为了共同寻求真理,救国救民,改造社会。这样,马校长才消除疑虑,放下心来。

启事发出去以后,毛泽东以殷切期望的心情,等待了一些日子,陆续收到了五六个人表示愿意联系的来信。人数虽然不多,毛泽东仍然感到高兴和欣慰。他在 1915 年 11 月 9 日给黎锦熙(xī)的信中说:"两年以来,求友之心甚炽。夏归后,乃作一启事,张之各校,应者亦五六人,近日心事,稍快唯此耳。"

❋ 张 城

🌸 思维小语 🌸

一个只会躲在角落里孤芳自赏的人,由于视野狭窄,很难做出多么杰出的成绩。真正宽广的心灵,不会拘泥于周围的束缚,而是向往更广阔的天空。朋友,与我们心灵相通,和我们一起成长,既能分担喜悦忧愁,也能共同求知奋斗,和益友结伴同行,人生的路上我们会收获更多。

(毛淑芬)

洛克菲勒重新做人

过于关注个人得失的人，很难让自己开心。

老约翰·D.洛克菲勒在 33 岁那年赚到了他的第一个 100 万。到了 43 岁，他建立了一个世界上最庞大的垄断企业——美国标准石油公司。

洛克菲勒 53 岁时因为莫名的消化系统疾病，头发不断脱落，甚至连睫毛也无法幸免，最后只剩几根稀疏的眉毛。

他是世界上最富有的人，却只能靠简单饮食为生。他每周收入高达几万美金——可是他一个星期能吃得下的食物却要不了两块钱。医生只允许他喝酸奶，吃几片苏打饼干。他的皮肤毫无血色，那只是包在骨头上的一层皮。他只能用钱买最好的医疗，使他不至于 53 岁就去世。

为什么？ 完全是因为忧虑、惊恐、压力及紧张，事实上，他已经把自己逼近坟墓的边缘。他永无休止地、全身心地追求目标，据亲近他的人说，每次赚了大钱，他的庆祝方式也不过是把帽子丢到地板上，然后跳一阵土风舞。可是如果赔了钱，他就会大病一场。一次，他运送一批价值 4 万美金的粮食取道某片湖区水路，保险费需要 150 美元。他觉得太贵了！因此没有购买保险。可是，当晚那里有飓风，洛克菲勒整夜担心货物受损。第二天一早，当他的合伙人跨进办公室时，发现洛克菲勒正来回踱步。

他叫道："快去看看我们现在还来不来得及投保。"合伙人奔到城里找保险公司。可等他回到办公室时，发现洛克菲勒的心情更糟。因为他刚刚收到电报，货物已安全抵达，并未受损！于是，洛克菲勒更生气了，因为他们刚刚花了150美元投保。

他的合伙人贾德纳与其他人以两千美元合伙买了一艘游艇，洛克菲勒不但反对，而且拒绝坐游艇出游。

贾德纳发现洛克菲勒周末下午还在公司工作，就央求他说："来嘛！约翰，我们一起出海，航行对你有益，忘掉你的生意吧！来点乐趣嘛！"洛克菲勒警告说："乔治·贾德纳，你是我所见过最奢侈的人，你损害了你在银行的信用，连我的信用也受到牵连，你这样做，会拖垮我的生意。我绝不会坐你的游艇，我甚至连看都不想看。"结果他在办公室里待了整个下午。

后来，医生告诉他一个惊人的事实，他要么选择财富与忧虑，要么选择他的生命。他们警告他：再不退休，"就死路一条"。

他退休了，开始学习打高尔夫球，从事园艺，与邻居聊天、玩牌，甚至唱歌。

他开始想到别人。

洛克菲勒了解到世界各地具有远见卓识的人，正在从事许多有意义的工作，很多人都在进行许多研究，有人想成立大学，有许多医生在努力与疾病战斗——可是，因为缺乏经费致使"胎死腹中"的情况太多了。因此，他决定帮助这些人类先驱者，不像过去那样收买过来，为他赚钱，而是为他们提供经费，帮助他们自助。洛克菲勒开心了，他彻底改变了自己，使自己成为毫无忧虑的人。

❀ [美]戴尔·卡耐基

思维小语

　　过于关注个人得失的人,很难让自己开心。有时候,把脚步放缓,静下心来品味生活的快乐,也是一种成功。善待自己,从聆听清晨的鸟鸣开始,观察周围的世界,学会与别人分享好心情,帮助需要帮助的人……把忧虑抛弃到脑后,生活才会更多彩,更有意义。

(毛淑芬)

坏脾气与钉子的故事

当你向别人发过脾气之后,你的言语就像这些钉孔一样,会在人们的心灵中留下疤痕。

　　从前,有个脾气很坏的小男孩。一天,他父亲给了他一大包钉子,要求他每发一次脾气都必须用铁锤在他家后院的栅栏上钉一颗钉子。第一天,小男孩共在栅栏上钉了37颗钉子。

　　过了几个星期,由于学会了控制自己的愤怒,小男孩每天在栅栏上钉钉子的数目逐渐减少。他发现控制自己的坏脾气比往栅栏上钉钉子要容易多了……最后,小男孩变得不爱发脾气了。

　　他把自己的转变告诉了父亲。他父亲又建议说:"如果你能坚持一整天不发脾气,就从栅栏上拔下一颗钉子。"经过一段时间,小男孩终于把栅栏上所有的钉子都拔掉了。

父亲拉着他的手来到栅栏边,对小男孩说:"儿子,你做得很好。但是,你看一看那些钉子在栅栏上留下的那么多小孔,栅栏再也不会是原来的样子了。当你向别人发过脾气之后,你的言语就像这些钉孔一样,会在人们的心灵中留下疤痕。你这样做就好比用刀子刺向了某人的身体,然后再拔出来。无论你说多少次对不起,那伤口都会永远存在。其实,口头上对人们造成的伤害与伤害人们的肉体没什么两样。"

❋ 张振玲

思维小语

不要轻易发怒,因为那会给他们的心灵留下创伤,也许一辈子都不能痊愈,我们给他们留下的印象,也许就永远是这一次的伤害。即使我们能够平息下来,向别人道歉,也无法改变伤口的存在。所以,要时刻记住:不要轻易对别人发怒。

(毛淑芬)

松下幸之助吃牛排

只有40%的决策是我真正认同的,余下的60%是我有所保留的,或我只觉得过得去的。

有一次,松下幸之助在一家餐厅招待客人,一行六个人都点了牛排。等六个人都吃完主餐,松下让助理去请烹调牛排的主厨过来,他还特别强调:"不要找经理,找主厨。"助理注意到,松下的牛排只吃了一半,心想一会儿的场面可能会很尴尬。

主厨来时很紧张,因为他知道请自己的客人来头很大。"是不是有什么问题?"主厨紧张地问。"烹调牛排,对你已不成问题。"松下说,"但是我只能吃一半。原因不在于厨艺,牛排真的很好吃,但我已80岁了,胃口大不如前。"

主厨与其他的五位用餐者困惑得面面相觑,大家过了好一会儿才明白怎么一回事。"我想当面和你谈,是因为我担心,你看到吃了一半儿的牛排送回厨房,心里会难过。"

如果你是那位主厨,听到松下先生的如此说明,会有什么感受?是不是觉得备受尊重?客人在旁边听见松下如此说,更佩服松下的人格,并更喜欢与他做生意。

又有一次,松下对一位部门经理说:"我个人要做很多决定,并要批准他人的很多决定。实际上只有40%的决策是我真正认同的,余下的60%是我有所保留的,或是我只觉得过得去的。"

经理觉得很惊讶:假使松下不同意的事,大可一口否决就行了。实际并不这么简单。

总之,"你不可以对任何事都说'不',对于那些你认为算

是过得去的计划,你大可在实行过程中指导他们,使他们重新回到你所预期的轨迹。我想一个领导人有时应该接受他不喜欢的事,因为任何人都不喜欢被否定。"

思维小语

一个好的领导人,会尽力发掘下属工作的热情,让他们感觉自己的工作很重要。不仅是领导,我们每个人都要学会这一点:尊重别人的想法。不完全否定他人,即使我们有不同的观点。这样,我们就会获得相同的理解和尊重,做事也就更容易成功!

(毛淑芬)

"圣人"范仲淹

给别人留出余地,也就给自己留下了必要的空间。

范仲淹和富弼(bì)同在北宋朝廷为官。一天退朝出来,富弼仍与范仲淹争论不休,他气呼呼地对范仲淹说:"今天担心的是法制不立,我要建立法制,你从中阻止,怎么能使大家信服呢?"

原来刚才在皇帝面前,讨论到高邮守将晁(cháo)仲约用钱粮犒劳过一股起义的农民的事情时,富弼认为晁仲约"贿敌"该斩。可范仲淹认为让有钱人出点钱粮赈济吃大户的饥民,谈不上"贿敌",不应该获罪。皇帝同意了范仲淹的观点。现在范仲淹看见富弼还在生气,拉他到一边,悄悄说:"大宋建国以来，没有乱疑乱杀，这是一种好传统啊，为什么要破坏它呢？况且，伴君如伴虎，皇帝杀得手滑了，恐怕我们今后也危险哪！"

"不然，不然。"富弼摇头走了。

从此两人的关系越来越疏远了。

不久，范仲淹出任陕西经略安抚招讨副使，富弼到河北一带巡视去了。一次，富弼从河北去京都开封办事，刚到城外，朝廷来人对他说："皇上让你今天别进城，就在城外住下。"富弼闹不清原因，吓得满头大汗："哟，难道是谁在皇帝跟前说了我的坏话？"他在旅舍中彷徨踱步，一夜没敢上床睡觉。他回忆起同范仲淹的那次争论，越想越觉得范仲淹的话是对的——是不能让皇帝乱杀人啊！范仲淹在兄弟中排行第六，故此，富弼绕床叹息，说："范六丈真是圣人啊！"

此后，两人关系密切了，他们信使往还，商讨富国强兵的计划，当范仲淹提出整顿吏治、培养人才、加强武备等十项主张时，富弼主动配合，又一同主持"庆历新政"，为加强宋代的边防作出了贡献。

❀ 黄迪民

🌹思维小语🌹

　　把眼光放得长远一点就会知道，给别人留出余地，也就给自己留下了必要的空间。只看问题不好的方面，一味地指责别人的失误，固然能够解决一时的不利；但也有可能失去很多潜在的支持，让自己处于孤立无援的困境。在遇到问题的时候，让心胸宽广一些，我们要走的路也就会宽阔一些。

（毛淑芬）

142

克林顿房间的灯灭了

一盒跳跃着烛光的蛋糕，由克林顿的助手们捧了进来。

马云和克林顿已经聊到午夜了。马云心想，克林顿晚上9点来钟刚到杭州，一路坐飞机很疲劳，怎么还不累呢？

12点零1分，也就是9月10日的第一分钟，克林顿下榻的总统套房里的灯突然灭了。

然后，总统套房的门自己打开了。一盒跳跃着烛光的蛋糕，由克林顿的助手们捧了进来。

克林顿站起来对马云说：生日快乐，杰克！

杰克是马云的英文名字。马云这才想起，这天是自己的生日。克林顿和助手们一起为他唱起了生日快乐歌。

后来，马云对我说及与克林顿聊天的时候，克林顿的神情让你感到你是他现在最重要的人。对人的尊重，这是克林顿的一种魅力。而我想，能够感悟这种魅力的人，同样是有魅力的。

陈祖芬

思维小语

不以狭隘的目光面对世界，能够尊重别人，这样的人具有的魅力让我们感动；能够感悟这种尊重与魅力，以相同的心态面对世界和他人，也同样是一种心灵的魅力。人与人之间的交往，只有坦荡相对，用彼此的心灵来寻找理解与尊重，才会传递最美的信息。

（毛淑芬）

容人才能和谐

理解不同、允许差别、包容相异是消融人际矛盾最好的方式方法。

美国前总统艾森豪威尔先生，曾在声名显赫的五星级上将麦克阿瑟手下任职，其军衔当时仅是上校。他工作扎实，思维敏捷，善于写作，有出色的组织能力。一言以蔽之，他在此期间已经崭露才华。而此公个性倔强，且太爱"独立思考"，在上司面前常常"不听话"，有时不仅顶撞上司还批评上司。有人提议将他撤职，但麦克阿瑟却不为所动，郑重答道："人才有用不好用，奴才好用没有用。"于是艾森豪威尔照样干他的上校，而且后来干上了总统。

"人才有用不好用，奴才好用没有用。"盖有用之才，大多像艾森豪威尔那样爱独立思考，而一思考，就可能思考出独到的见解来。于是乎，便对于上司的瞎指示、乱指挥，或消极抵抗，或拒绝执行；对上司的一些盲目决策、荒唐计划，或不予理睬，或犯颜直谏。对于这样的人，度量大的上司还能咬牙忍上一忍，度量小的上司可就受不了啦："不听命令，不服指挥也就罢了，有时还当着众人叫我丢丑，岂能容忍！"艾森豪威尔遇到麦克阿瑟那样的上司，真是三生有幸啊！

是的，哪个人不希望自己能遇上个心胸开阔能容人识人的领导呢？容人是一种美德，是一种思想修养，也是人生的真谛。你能容人，别人才能容你，这是生活的辩证法啊！

俗话说："将军额上能跑马，宰相肚里好撑船。"这是容人的最高境界。要涵养出一个可以容人也可以容物的宽阔胸襟，要明白一个浅显的道理：人与人是不同的，每个人都有其独特性，有自我独特的爱好、追求、性格，甚至怪癖。所以，理解不同、允许差别、包容相异是消融人际矛盾最好的方式方法，做到了这一点，就会营造出一个亲密无间、融洽无比、相辅相助的人际关系。

❋ 睿 齐

🌸思维小语🌸

和而不同，是古人处理人际关系的智慧思想，也是需要我们常常借鉴的有效方法。人际矛盾往往复杂而繁琐，很难一劳永逸地解决，只有敞开胸怀，认同每个人之间的差异，理解不同的观点和做法，才能营造出和谐而融洽的相处局面。

（毛淑芬）

管鲍之交

彼此交心、彼此放心的朋友，才是真正的朋友。

　　春秋时鲍叔牙和管仲二人是好朋友，二人相知很深。

　　他们两人曾经合伙做生意，一样地出资出力，分利的时候，管仲总要多拿一些。别人都为鲍叔牙鸣不平，鲍叔牙却说，管仲不是贪财，只是他家里穷呀。

　　管仲几次帮鲍叔牙办事都没办好，三次做官都被撤职，别人都说管仲没有才干，鲍叔牙又出来替管仲说话："这绝不是管仲没有才干，只是他没有碰上施展才能的机会而已。"

　　更有甚者，管仲曾三次被拉去当兵参加战争而三次逃跑，人们讥笑地说他贪生怕死。鲍叔牙再次直言：管仲不是贪生怕死之辈，他家里有老母亲需要奉养啊！后来，鲍叔牙当了齐国公子小白的谋士，管仲却为齐国另一个公子纠效力。两位公子在回国继承王位的争夺战中，管仲曾驱车拦截小白，引弓射箭，正中小白的腰带，小白弯腰装死，骗过管仲，日夜驱车抢先赶回国内，继承了王位，称为齐桓公。公子纠失败被杀，管仲也成了阶下囚。

　　齐桓公登位后，要拜鲍叔牙为相，并欲杀管仲报一箭之仇。鲍叔牙坚辞相国之位，并指出管仲之才远胜于己，力荐齐桓公不计前嫌,用管仲为相。齐桓公于是重用管仲,果然如鲍叔牙所言,管仲的才华逐渐施展出来,终使齐桓公成为春秋五霸之一。

思维小语

　　彼此交心、彼此放心的朋友,才是真正的朋友。这样的朋友,不会因为利益不均而抱怨你,也不会因为事情不利而贬低你,更不会在困境之中抛弃你;相反,真正的朋友相信你的能力,尽心地为你考虑,帮助你施展你的才华。
（毛淑芬）

沙漠之路

如果自己能按照大家吩咐的那样做,那么即便没有了进路,还可以拥有一条平平安安的退路啊!

　　在一个茫茫沙漠的两边,有两个村庄。到达对方,如果绕过沙漠走,至少需要马不停蹄地走上二十多天;如果横穿沙漠,那么只需要三天就能抵达。但横穿沙漠实在太危险了,许多人试图横穿却无一生还。

　　有一天,一位智者经过这里,让村里人找来几万株胡杨树苗，每半里一棵，从这个村庄一直栽到沙漠那端的村庄。智者告诉大家说："如果这些胡杨有幸成活了，你们可以沿着胡杨树来来往往；如果没有成活，那么每一个行者经过时，都将枯树苗拔一拔，插一插，以免被流沙给淹没了。"

果然，这些胡杨苗栽进沙漠后，全都被烈日给烤死了，成了路标。

沿着"路标"，这条路大家平平安安地走了几十年。

一年夏天，村里来了一个僧人，他坚持要一个人到对面的村庄化缘去。大家告诉他说："你经过沙漠之路的时候，遇到要倒的路标一定要向下再插深些，遇到就要被淹没的树标，一定要将它向上拔一拔。"

僧人点头答应了，然后就带了一皮袋的水和一些干粮上路了。他走啊走啊，走得两腿酸困浑身乏力，一双草鞋很快就被磨穿了，但眼前依旧是茫茫黄沙。遇到一些就要被尘沙彻底淹没的路标，这个僧人想："反正我就走这一次，淹没就淹没吧。"他没有伸出手去，将这些路标向上拔一拔。遇到一些被风暴卷得摇摇欲倒的路标时，这个僧人也没有伸出手去将这些路标向下插一插。

但就在僧人走到沙漠深处时，静谧的沙漠蓦然飞沙走石，许多路标被淹没在厚厚的流沙里，许多路标被风暴卷走了，没有了影踪。僧人像没头的苍蝇似的东奔西走，再也走不出这大沙漠了。

在气息奄奄的那一刻，僧人十分懊悔：如果自己能按照大家吩咐的那样做，那么即便没有了进路，还可以拥有一条平平安安的退路啊！

是的，给别人留路，其实就是给我们自己留路。

李雪峰

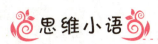

思维小语

　　一个人的力量始终是有限的，许多事情都需要大家一起来出把力、搭把手，才能顺利地完成。如果我们每个人在做事的时候，都能在为自己着想的同时，也为别人多想一些，那么这个世界就会多一条方便的途径。给别人方便，也就是给自己方便，让力量和智慧不断地传递下去，人生之路才会永远存有指明方向的路标。

（毛淑芬）